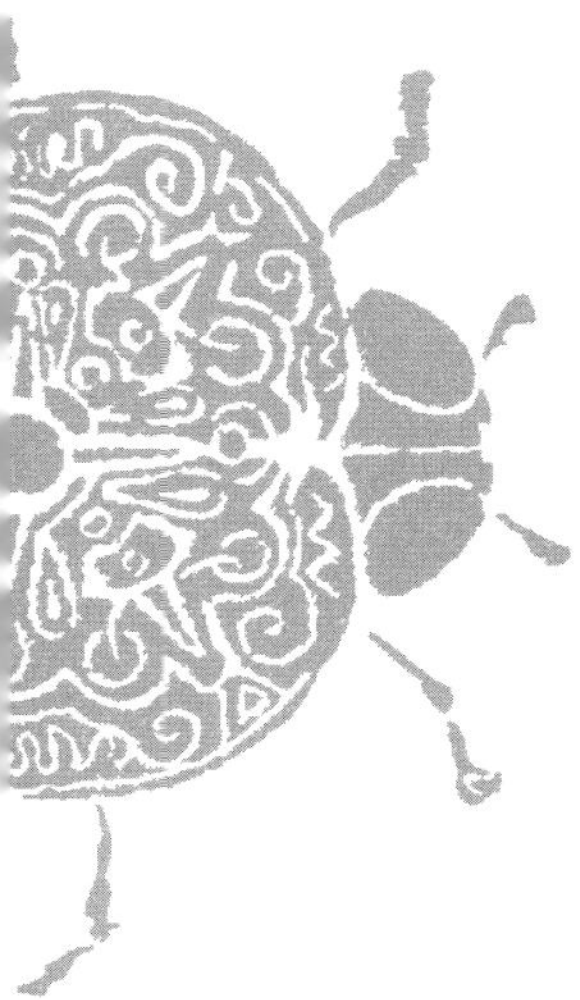

光の庭

hikari no niwa

短歌日記 2017

伊藤一彦

Kazuhiko Ito

ふらんす堂

一月

一月一日(日)

しろたへの雪つもることなき山《さん》
河《が》隠れあたはず恥づかしき時も

宮崎市の平野部は真冬でもほとんど雪が降ることがない。小学校のとき、窓の外に少し雪がちらついたら、先生が授業をやめて「外で遊ぼう」と言った。

一月二日(月)

母の無き初の正月これまでに
まして母感じ酒を酌みをり

今年は喪中の正月である。昨年一月二十一日に母が急逝した。満百一歳だった。「時として思ひ出でたり垣間見にける百一歳《ひゃくいち》の母のちちふさ」(『土と人と星』)。

一月三日(火)

娘らの幼きころの思ひ出に
出てくるわれの乱反射せり

三人の娘のうち二人が私の家の近くに住んでいる。よく家族でたずねて来る。妻と娘たちの間でもっぱら話が盛り上がる。昔話もときに。

一月四日 (水)

旅人のごとくわが家の門に入る近辺歩き来たれるのみに

「『南』は肉の開花、感覚の解放のトポスである。禁欲と刻削の苦行へ人を追いつめるのではなく、放恣な怠惰、怠慢と見紛う弛緩、さらにはかすかな腐臭をまとう甘美な頽廃をさえ、大らかに許容するものが『南』なのだ」（松浦寿輝著『黄昏客思』）。

一月五日（木）

うぶすなに潤ひ暮らすと人言へどはみだしてゐる別のわれをる

学生時代を除いてはずっと宮崎県で暮らしている。

「ときをりにドッペルゲンゲル現はるる　今日朝日射す川面の上に」（『待ち時間』）。

一月六日㈮

仮面せず扮装もせず生きてゐることは当然なるか否《いや》、否

哲学科の卒業論文にニーチェを選んだのはなぜだったか。塚本邦雄氏が「愛憎こもごもの意中の人物」と書いてくださったことがある（「紺青鬼に餞る」）。

一月七日(土)

宮崎の夜景まつくらの日向灘
と言ひし東京の人ぞよきかな

シーガイアのホテルの四十三階のバーで東京から来た人と飲んだことがある。彼は海の方を見て町の灯りがないねと言った。

一月八日（日）

忘れ物はなはだしきに盛り上がりお笑ひとなりお涙となる

「笑い」と「お笑い」はちがうという主張がある。なるほど「涙」と「お涙」もちがうか。

七十代の宴会の話題の一つは物忘れ。

一月九日（月）

成人の日に裸まゐりする若きあ
つぱれなれど老いもゐるなり

青島神社恒例の裸参りの日。わたつみの国からの山幸彦の帰りが急だったため、着物をまとう暇がなかったのが由緒とか。「ひもろぎを先頭に立て肌白く入り行けるなり寒の青潮に」（『日の鬼の棲む』）。

一月十日(火)

われよりも十歳上の県庁は鳶色に
ネオ・ゴシックの威厳に立てり

県庁へ。宮崎県庁は全国で四番目に古い建物。かつて家から三分の県庁の中庭をよぎって宮崎小学校に通った。その近道を行くと学校まで五分だった。

一月十一日㈬

繁華街の薬屋がわが生家なり夜
はコンドームよく売れにけり

両親は薬屋を営んでいた。表通りと裏通りをつなぐアーケード街にあり、お客が多かった。かつて橘通三丁目だったその通りはいますっかりさびれている。

一月十二日(木)

今日の酒「獺祭」か否「石鎚」か正岡子規論読みたる後は

「子規には人を魅きつける強烈な力があった。そして、短歌にしろ俳句にしろ散文にしろ子規がその短い生涯のうちに為しとげた仕事はすべて、この人と人とのかかわりの網を伝って増幅され、時間と空間を超えて広まっていった」(長谷川櫂著『子規の宇宙』)。

一月十三日㈮

新しく買ひ求めたる大きソファー
死者らきてともに坐れる広さ

二世帯住宅で父母と同居していたが、二人とも世を去ったので、父母のいた部屋を去年改築した。母の使っていた古い簞笥などはそのまま置いてある。

一月十六日(月)

色即是空空即是色蠟梅の
花の香の満つ庭に朝日浴ぶ

庭の蠟梅の木は毎年かわいい黄の花をたくさん咲かせてくれる。何と言っても香がいい。甘い香にうっとりする。

一月十七日㈫

日向平野けふの滅紫の夕空を
飛ぶものあらず異変はなしや

阪神淡路大震災記念日。この大震災のあった一九九五年はオウム真理教による地下鉄サリン事件の起こった年でもある。「1995年とは、それ以前に起こっていた日本社会の変化を強く認識する機会となった転機の年なのである」（速水健朗著『1995年』）。

一月十八日(水)

背の薪燃えてゐるとはつゆ知らぬ雑踏の中にわれもその一人

「……大陸よりも貧しい日本が、室町時代以来、五百年ぶりにふたたび現れる。そのとき、わたくしたちは、どのようなことどもを子や孫に語り、教えればよいのか。このときこそ、哲学的なことどもを、子どもにきちんと教えなくてはいけない」(磯田道史著『無私の日本人』)。

一月十九日㈭

天国の寺山修司に読ませたし「綱」の血をひく「叫び」の歌を

角川短歌賞贈呈式。佐佐木定綱の受賞作「魚は机を濡らす」を読んで私はなぜか寺山修司の「一本の樫の木やさしそのなかに血は立ったまま眠れるものを」を思った。定綱は「どこかへ全速力で（もしくは片足引きずって）向かう人の叫びのような歌を読みたいし、作りたい」と書いた（「叫び」）。

一月二十日㈮

年齢も知らず人の妻なるも知らず小枝子抱きし牧水の海

牧水が園田小枝子と房総半島の南端の根本海岸で結ばれたのは明治四十一年一月。昨年九月初めに私は根本海岸を訪ねて「一一〇年前はむかしか否か思ふ海のかなたの行き合ひの空」と歌った。

一月二十一日(土)

無防備の恋と娘のみさすら後に言ひける牧水の恋

「人間の心には、肉体との境界のあたりに、頗《すこぶ》る可燃性の高い部分がある。ある時、何かの拍子にその一端に火がつくと、それが燎原《りょうげん》の如《ごと》く広がって、手が着けられなくなってしまう」(平野啓一郎著『マチネの終わりに』)。

一月二十二日(日)

人の知る優しささらにわれのみが知る恥《やさ》しさに父想ひをり

平成六年に八十五歳で世を去った父の命日。熊本県の宇土の出身で、昭和の初めから宮崎市で薬屋を営んでいた。生計のためにやむを得ず開いた薬屋で、本当は上京して勉強したいことがあったらしい。早稲田の通信教育の修了証書が残っている。

一月二十三日（月）

日日欠かすことのあらざる晩酌をだれやみと言ふ　時に「だれ」増す

全てに真面目で、遊びに縁遠かった父だが、酒は好きで強かった。宮崎では晩酌を「だれやみ」などと言ったりする。「だれ」は垂れあるいは疲れ、「やみ」は止みの意らしい。要するに一日の疲れを飲んで癒しましょうということだろう。

一月二十四日（火）

淵あると知らず川原を歩み行く吉祥草の花咲くと聞けば

今月の「NHK短歌」のゲストは、カンヌ映画祭審査員賞受賞の映画『淵に立つ』（深田晃司監督）の名演でヨコハマ映画祭主演女優賞、毎日映画コンクール女優主演賞をうけた筒井真理子さん。ギリシア悲劇の「運命」を思わせるこの映画の印象的なシーンを歌にしてみた。人生の「淵」は神のみぞ知る。吉祥草の花の名が心憎かった。

一月二十五日㈬

青春は流氷のとき　ぶつかりあひ飛沫をあげて岸には行かず

オホーツク海の流氷をテレビの映像で見た。陸にくっついていなければ流氷とのこと。実際に見たら圧倒されるような光景にちがいない。手もとの歳時記の「春」には山口誓子の有名な「流氷や宗谷の門波《となみ》荒れやまず」が出ている。

一月二十六日㈭

沈丁花ほのじろく見ゆる闇に思
ふ命がけにて国捨つる人ら

『百花遊歴』を始めとして塚本邦雄氏の植物に関する著作を愛読してきた。もちろん氏自身の植物の歌も。「沈丁花《ちんちやうげ》何ぞふふめる殺さるるもの殺すもののみの世界に」の作（『天変の書』）はとりわけ心に残っている一首だ。わが家の沈丁花は白である。

一月二十七日㈮

雨の日はうちがはの紅《べに》紫《むらさき》を見せず咲きをり庭の有盛草

有盛草は平有盛を祭った奄美の有盛神社で見つかったのが名の由来とか。かれんな白い小花である。奄美といえば、島尾ミホの家の庭にあったという「百花園」にも咲いていただろうか。『海辺の生と死』には出てこないが。

一月二十八日㈯

日の射せる白紙《しらかみ》のうへ種をおき眺めてゐたり春の霊なり

旧暦の一月一日。牧水は幼いころの旧暦の大晦日の思い出として、半年分の薬代を村の者が持ってきて「来たものには必ず酒を出す習慣で、どうかすると二三十人も落ち合つて飲み出すといふ騒ぎ」になったと書いている（「故郷の正月」）。明治二十年代の山村の医師若山家の話である。

一月二十九日(日)

思はざる「黒い影」なりにこやかで礼儀正しき若きが歌ふ

二十代・三十代の若い歌人だけの会を月に一回、宮崎市で三十年近く行っている。いつも十名前後の参加だろうか。以前は女性が多かったが、今は男女半々ぐらい。ある男性の歌「あなたとの距離がどれだけ縮まれど言えぬあなたの黒い影など」。

一月三十日(月)

新聞に「鳥フル・殺処分」の見出し
われには「鳥・フル殺処分」に見ゆ

宮崎県内で昨年十二月の川南町に続いて、木城町のブロイラー養鶏場でも高病原性鳥インフルエンザに多数の鶏が感染。さらなる拡大を防ぐためには残念ながら今のところ殺処分しかない。木城町では十六万羽以上が処分された。

一月三十一日㈫

ラッシュのなか乗るべき電車まちがへて土偶のごとく突つ立つてをり

上京。東京はしばしば出かけるが、初めての場所に行くときは乗り換えその他がよくわからず、まごまごすることがある。それにしても、いつも人が多い。

二月

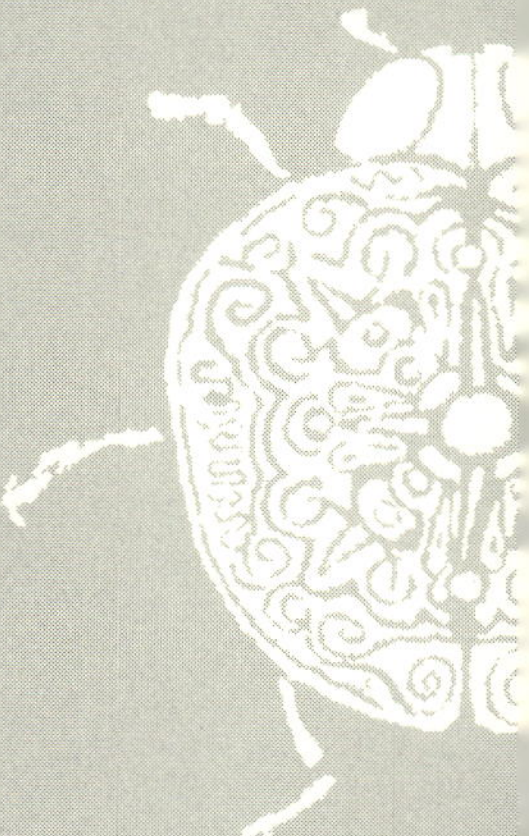

二月一日㈬

人の波見続けたる眼に雲の
波見せてゐる空港の大き窓

離京。東京と宮崎の間の往復は飛行機以外は時間がかかりすぎるので、いつも空港を利用する。搭乗すれば、一時間四十分ぐらい。ただ前後の移動もあわせるとやはり半日近くを費やす。

二月二日㈭

目薬をさしてしばしを目つむれるあひだ心《しん》神《しん》深くのうみつ

目薬を使っている。目薬をさして目をパチパチしてすぐティッシュなどで拭き取る人がいる。それはよくないそうだ。目をかるく閉じて目頭をしばらくおさえるのがいいらしい。

二月三日㈮

三人の女《め》童《わらは》のため鬼となり追はれ出でにし庭のくらやみ

昭和四十五年から十年間、宮崎県の南端の串間市で生活した。自然豊かなその土地で三人の娘に恵まれた。庭木の豊かな広い家に住んでいた。「いとけなき女童三人《みたり》あやしまぬ死人の国も夜深むらむ」（『火の橘』）。今日は節分。

二月四日 (土)

うすうすとかすめる空をあふぎたり空に触れ得ぬ手もよろこびて

「折節の移り変るこそ、ものごとにあはれなれ。『もののあはれは秋こそまされ』と人ごとに言ふめれど、それもさるものにて、今一際心も浮き立つものは、春のけしきにこそあめれ」(『徒然草』十九段)。

二月五日(日)

かつて読みし白秋の「赤き花の魔睡」老いの魔酔は深夜にぞ来る

北原白秋の『邪宗門』に「赤き花の魔睡」の一篇がある。春の日の昼間の若き憂愁を歌ったもので、「魔睡」の字は広辞苑になく、日本国語辞典には出ている。「魔酔」の字と一緒に。

二月六日㈪

天空の花のごとしも朝まだき
冷気のなかに白きあしびは

庭の馬酔木の花が早くも開き始めた。馬酔木の花の歌といえば、大伯皇女の「礒の上に生ふる馬酔木を手折らめど見すべき君が在りと言はなくに」を思い出す。ひそかに弟の大津皇子を哀しみ想う皇女の姿である。当時は「山も狭《せ》に」馬酔木が咲いていたらしい。

二月七日（火）

遠山のごとき歌びとを人びとに近づけたりや牧水賞は

宮崎市で第二十一回の若山牧水賞の授賞式。歌集『鳥の見しもの』で吉川宏志氏が受賞。佐佐木幸綱氏が講演。毎年の選考委員の講演で県民の牧水理解が深まった。牧水は宮崎県出身ながら、県民の評価はあまり高くない、近いようで遠い存在だった。

二月八日(水)

鳥も海も牧水のキーワード
にて吉川宏志は東郷生まれ

受賞者の吉川宏志氏が日向市で「若山牧水——言葉と身体」と題して講演。牧水と故郷を同じくするその吉川氏の受賞歌集に「鳥の見しものは見えねばただ青き海のひかりを胸に入れたり」がある。歌集のタイトルになっている作だ。

二月九日㈭

おつぱいのにほふ赤子を抱き
とりて遠ざかりたる悦び蘇《かへ》る

久しぶりに昔の教え子に会った。教師になった最初のころの教え子はもう六十代後半である。その教え子は子どもと孫を連れていた。「先生、孫を抱っこしてやってください」と言われた。

二月十日㈮

酒飲まぬところだけが惜しちちのみの父は「毎日乾杯」の人なれど

歌壇賞贈呈式。佐佐木幸綱氏の長男の頼綱氏の受賞作「風に膨らむ地図」はメキシコを訪れた体験をもとに緻密に構成された、問題意識の鋭い連作である。旅が好きで約三十カ国を廻ったそうで、多くの人びとと出会った視野の豊かさは今後に大いに期待を抱かせる。

二月十一日(土)

卒業のためのリポートまだ一つ出してない夢の一日《ひとひ》尾を曳く

私は夜ねむっているときによく夢を見る。あまりいい夢ではない。目が覚めてよかったと思うたぐいの夢だ。早稲田を出たのはもう五十年以上前なのに、大学時代の夢も時に。

二月十二日(日)

イハレビコ去りにけるのち残りたる芋《いも》幹《がら》木《ぼく》刀《たう》と日《ひう》向《が》南《かぼ》瓜《ちや》よし

昨日は建国記念の日だったが、宮崎は神話の舞台である。後に神武天皇となるイワレビコは日向市の美々津の港から大和に向かった。その時、頭のいい男と美しい女はみんな船に乗せて行ったという話を小学生の時に聞かされた。残りの民が宮崎県民になったと。

二月十三日(月)

プーさんと「ぷ」の音いたく可
愛きにこのごろ如何とらんぷーちん

パピプペポのパ行の音はかわいい気がする。たとえば「バクバク食べる」より「パクパク食べる」の方が感じがいい。

二月十四日㈫

亡きひとの手びねりなれば天国
ゆ佳味の降りくる熱き玉子酒

同じく連載をしている西村和子さんの先日の句に「玉子酒夫の手びねり掌に包み」があった。しみじみとした恋歌である。「熱燗の夫にも捨てし夢あらむ」（『夏帽子』）。

二月十五日㈬

タマガツタ、タマゲルといふ宮崎弁　古語の魂《タマ》消《ゲ》ると知りてタマゲヌ

方言は都で使われなくなった言葉が地方で生きている例が少なくないと聞いたことがある。宮崎で普通に使う「ヨダキー」は面倒くさくて厭という意味で、古語「よだけし」に由来するらしい。「知らざるかノ山《サン》にヨダ木植ゑたればタマロ花《クワ》咲きてクルシ実《ミ》の成る」は私の戯れ歌（『海号の歌』）。

二月十六日㈭

自動車の運転免許証われも妻も持たずと言へば人ヒツタマガル

私も妻も学生時代は東京にいて、卒業後に帰郷した。便利な生活という考えがあれば東京に残っただろうに。その後ずっと宮崎に住んでいる。田舎なのに車もなしで。タマガルの強調語がヒッタマガル。

二月十七日㈮

ただでさへ火宅の家にさらに
火を放つ生き方強き酒飲む

読売文学賞贈賞式。「評論・伝記」部門は梯久美子著『狂うひと――「死の棘」の妻・島尾ミホ』が受賞。渾身の評伝である。「重要なのは、逃れようのない事態が起こることを島尾（敏雄）が求めていたことである」「そして島尾は、ミホの精神状態にもともと不安定なところがあり、何か決定的なことが起これば錯乱状態になるかもしれないことがわかっていた」と。

二月十八日（土）

まだ寒き夜の床に蝶　いづこより
来たるか野菜にひそみゐたるか

台所の夜の床の上に蝶がいた。驚いた。生き残っていた蝶だろうか。今年は寒い日が多いので蝶もつらかったにちがいない。家にちょうど遊びに来ていた小学四年生の孫と蝶論議をした。

二月十九日（日）

手袋を取りて両手を差し出だし間近に目を見る青森人よ

今月の「NHK短歌」のゲストは女優の新山千春さん。牧水の青森の旅を番組で取りあげたので、青森出身の彼女が出演してくれた。歌の鑑賞もよかったが、牧水の「やと握るその手この手のいづれみな大きからぬなき青森人よ」の歌の鑑賞のときには青森人の歓迎の握手の仕方を実演してくれた。

二月二十日(月)

パンドラの箱の終はりに出できたる「希望」最後の頁にありき

辻原登氏の『籠の鸚鵡』を読んだ。『冬の旅』や『寂しい丘で狩りをする』は暗く重い気持ちのまま本を閉じたような気がしたのに対し、今回の作はそうでなかった。登場人物の男のみならず読者にも「フダラク」をかいま見せてくれた。

二月二十一日（火）

母いますごとくに庭に梅咲けり死は遠ざかり死者近づき来

母の一年忌。百一歳の母は夕方までいつもどおり元気だった。前日に東京から帰ってきた私は母の話をまさかその日の夜に亡くなるとも思わず、たっぷり聞いたのだった。母は文芸好きだった。

二月二十二日（水）

香りよき炭火に焼ける山女魚
二匹頭《かしら》より食ひぬ坪谷育ちぞ

日向市坪谷の若山牧水記念文学館に時に出かける。生家がそのまま残り、耳川の支流の坪谷川も尾鈴山もたたずまいはさほど変わっていない。文学館の目の前に食事できる「牧水庵」がある。

二月二十三日㈭

ペン皿にいつも置きゐるどんぐりを時に振るなり心《しん》聴くために

三年ぐらい前だろうか。坪谷の山でひろったどんぐりを持ち帰った。宮澤賢治の「どんぐりと山猫」の「裁判」の一節を思い出しながら眺めることがある。「いちばんえらくなくて、ばかで、めちゃくちゃで、てんでなってゐなくて、あたまのつぶれたやうなやつが、いちばんえらいのだ」。

二月二十四日㈮

降る雪を山形の雪と愛でたりき
そは「天つ雪」「天の白雪」

斎藤茂吉が『赤光』で東京の雪を初めて歌った一連がある。「雪降る日」八首である。青山墓地に降る雪を眺め「うらがなし」くなりながら、しかし故郷を思い出させる雪から力を得ようとしている連作のように読める。「ひさかたの天《あめ》の白雪ふりきたり幾とき経ねばつもりけるかも」。

二月二十五日（土）

ふるさとを悪しく言ひけること
のなき稀なる人の山形弁よ

茂吉の山形弁については、いろいろの証言や見解があって興味深い。茂吉自身は「いくら東京弁にならうとしても東京弁になり得ず、鼻にかかるずうずう弁で私の生は終はることにならる」（「三筋町界隈」）と書いているが、嘆きよりも自恃を読みとっていいかもしれない。今日は茂吉忌。

二月二十六日（日）

共生の森が照葉樹林なり森のこころに人こそ学べ

照葉樹林で有名な綾町は宮崎市内から車で三十分ぐらい。ときどき出かける。森のなかを歩くと心地いい。空気がちがう。春から初夏にかけてがことにいい。「目を出せず歯のそよがなく鼻咲かぬ人間われの春は何せむ」（『歌のむこうに』）という戯れ歌を詠んだこともある。

二月二十七日㈪

庭木の赤んばうのごとき葉芽たちのふくらみきたり 太陽が母

わが家は宮崎市の北の方で、海岸から二キロメートル足らずである。移り住んだ三十数年前はまわりは畑や田んぼだった。今はマンションが並び立っている。庭の日当たりも多少影響をうけている。

二月二十八日㈫

忘れ物ないかと聞かれないよとぞ自信もち言ひし頃の偲ばゆ

「東京に捨てて来にけるわが傘は捨て続けをらむ大東京を」の歌を詠んだことがある（『森羅の光』）。上京したときにホテルに傘を忘れたのである。傘はどんな気持ちで東京にいるか。孤独な傘の気持ちを考えたなどと言えばカッコいいが、忘れ物した口惜しさの歌。このときが五十歳ぐらい。今はもっとヒンパン。

三月

三月一日(水)

あわただしき一日《ひとひ》の終はり長湯せる深夜の湯船に沈みかけたり

風呂に入るのはいつも遅い。全部の仕事が終わってからだ。疲れている日は浴槽のなかでうとうとしてあぶない。若いときは同じ深夜の湯でも「全身が獣皮のごとし十六夜の月冴えている冬の浴槽」(『瞑鳥記』)と歌った。このあぶなさと比べ今のあぶなさはなさけない。

三月二日㈭

今はや『愛と認識との出発』も『出家とその弟子』も文庫にあらず

陰暦三月二日は俊寛忌と歳時記に出ている。高校時代に倉田百三の「俊寛」を読んでエゴイズムの問題を考えさせられたことを憶えている。角川文庫に百三の本がたくさん出ていた。

三月三日㈮

お雛様いくつも持てど気に入りは日向《ひうが》の貝雛ものいふごとし

わが子は三人とも娘なので、ひな祭りが近づくといつも楽しみにおひな様を飾った。子どもが小さいとき「弥生雛かざればあわれ音もなくおりてくるかな家の霊らも」と歌ったりした(『瞑鳥記』)。娘三人みな結婚していま家にはいないが、やはりおひな様に登場していただく。

三月四日（土）

繁ちやんは運動好きで唱歌うまく友多くして縦横なりき

延岡市の「若山牧水青春短歌大賞」表彰式へ。選者は坪内稔典・永田和宏・永田紅の三氏。延岡は牧水が十代の八年間を過ごした、いわば第二のふるさとである。良き友人、良き先生にめぐまれた。親友村井武の回想文を読むと、若山繁少年の姿が彷彿とする。成績は優秀な一方、いたずらも楽しんでいる。

三月五日（日）

線が文字が行が呼吸してゐる
と息呑みたりき素人のわれが

東京銀座画廊の七階で「榎倉香邨の書――炎と山河」を見た。感銘さめがたく、帰宮して以来、榎倉先生の『榎倉香邨の書――牧水のあくがれ――』（榎倉香邨の書実行委員会）や『香邨』（芸術新聞社）を開いている。日本を代表する「かな」の書家である先生は半世紀近く若山牧水の歌を書き続けている。

三月六日(月)

冬生きて春に卵産む蝶あるを
知りたる今日の光あたたか

この日記の二月十八日に、家の台所に蝶がいて驚いたことを記したら、「俳句日記」連載中の西村和子さんが『愉しきかな、俳句』(角川書店)の対談集を送って下さった。そのなかに奥本大三郎氏との対談があり、冬の蝶が死なないことが語られていた。初めて私は知った。このことを別にしても、じつに愉しきかなの一冊である。

三月七日㈫

天ぷらにするか蕗味噌か庭に出

でしこの祖父《ぢい》今宵とまれ酒の友

庭の隅に蕗の薹が出てきた。毎年、たのしみである。「ふきのじい」とか「ふきのしゅうとめ」とかいう言葉があるのもおもしろい。「蕗の薹見つけし今日はこれでよし」（細見綾子『存問』）は好きな句だ。

三月八日(水)

山国の闇より来たるまんさく
の四片《よひら》の黄の花に棲むもの

山の花をおりおりに届けてくれる有り難い知人がいる。今日はまんさくの花をいただいた。早春の山でふと見つけたまんさくの花はもちろんいいが、近くでじっとながめるのもまたいい。

三月九日（木）

恋人と砒素もちあひて恋愛をつらぬきたりし佐藤緑葉

佐藤緑葉を調べている。緑葉は『若山牧水』の著書もある、牧水と親交のあった作家である。早稲田の同級生だった。緑葉は親の反対を押し切って故郷の上州の女性と結婚した。伊藤信吉に『佐藤緑葉の文学』（塙書房）がある。

三月十日㈮

「一つぶの雪にかも似む」と砒素詠める牧水の五首いかに読まむか

佐藤緑葉が使わないですんだ砒素は、恋愛に悩んでいた牧水の手にわたったらしい。佐藤正子編『伯父　佐藤緑葉の覚え書き』（上毛新聞社事業局出版部）にそう記されている。「かなしくもいのちの暗さきはまらばみづから死なむ砒素をわが持つ」（『路上』）と牧水が歌っているこの砒素のことであろう。

三月十一日（土）

何を言ひ何なせるかと問はれなば言葉のあらずこの六年を

東日本大震災から六年である。東京駒場の日本近代文学館では「3・11　文学館からのメッセージ震災を書く」の展覧会が開かれている。私も恥ずかしながら「東日本大震災を語りをりたつた一人の遺体も見ずに」の色紙を出している。

三月十二日(日)

あの世いまいつの季節か何時《なんじ》ごろ時差はありやと思ふことある

人が死んで往く「あの世」のことを時どき考える。「あの世」ははるかずっと遠いところだろうか。それとも意外に近くだろうか。亡き父と母の写真を見ながら「どこにいますか」とそっと聞いてみたりする。

三月十三日(月)

暗きなか昏ほどのわづかなる
あかり消えたり闇ふくらめり

夜のウォーキングができる暖かさになった。家のまわりはマンションがかなり建ち並んだ。しかし、少し歩くと真っ暗な道に出る。一ツ葉海岸までは三十分ほどである。

三月十四日 (火)

日だまりの庭の黒猫じつとわれ見て黙契を迫るごとき顔

野良猫がよく庭に来ている。顔なじみの猫もいるし、時には初顔も。旧知の仲の斑猫はわが家の主のごとく堂々と庭を横切る。「ねつこりと猫に生れて猫に死ぬ当然のことにいま胸さわぐ」（『土と人と星』）。

三月十五日（水）

いつここに大きく深い抽出の奥より「百年の孤独」出でくる

宮崎県立看護大学で十四年間過ごした研究室を片づけている。大学退職後も客員教授として使ってきた部屋である。四階の眺めのよい部屋だ。片づけは容易ではない。廃棄する書類、処分する本や雑誌、自宅に持って帰る本。整理していると、忘れていたものもいろいろ出てくる。

三月十六日㈭

都農町のワイナリーの夜の講演は いそいそと済ませいざやグラスを

焼酎王国のイメージがあるからか、宮崎県にワイナリーが四つあることはあまり知られていない。そのうちのひとつ県中部の都農町の「都農ワイン」に出かけた。ワイナリーでの講演依頼、引きうけずにおられようか。この都農町は少年牧水がよく遊びにきた町でもある。長姉が嫁いでいたからだ。その都農にワイナリーができて二十年、あの世の牧水さんにも飲ませてやりたい。

三月十七日㈮

紅顔の美少年のまま老顔となりて百歳をこえし大人《うし》なりき

清水房雄氏が去る三日にお亡くなりになったことを聞いたあと、御著作にあらためて目を通している。平成二十年の「詩歌文学館賞」を『已哉微吟』で受賞されたとき、北上市でいろいろお話をうかがうことができたのは幸いだった。「最も大事なことは言はずに終るべし吾とてもまた例外でなく」（清水房雄『已哉微吟』）。

三月十八日㈯

遅咲きの梅うすべにに咲きにけり近隣の梅散りたるのちに

わが家の東側に梅の木がある。遅咲きの梅でようやく花をつけはじめている。梅は早春に咲くのはもちろんいいが、他の梅が終わったあとに咲いているのはまた楽しい。「二《ふた》もとのむめに遅速を愛すかな」（蕪村）。

三月十九日(日)

ふるさとの空と海熱く語りつつ有終の美を飾りくれたり

「ＮＨＫ短歌」の最後の放映だった。ゲストは貴乃花部屋女将の花田景子さん。彼女は私の高校の後輩、そして近くに住んでいたこともある。彼女の家からもらった二羽のインコを娘たちが可愛がったことなどよい思い出である。

三月二十日(月)

血みどろの喜劇王なり笑はれぬことを最大の悲劇《トラジディー》として

テレビで三谷幸喜の「エノケソ一代記」を見た。エノケンならぬエノケソ。大いに笑った。三谷氏自身も出演。番組終了のあとで、去年読んだ笹山敬輔著『昭和芸人七人の最期』を取り出し、冒頭のエノケンの章を読み返した。この本はとてもいい本で、おすすめである。文春文庫。

三月二十一日(火)

三年間式部こもりし法華嶽の「身投げの谷」に春の気を吸ふ

ある手帳に今日は和泉式部忌と書いてあった。式部は伝説の多い歌人で、私の家から車で三十分ほどの距離の国富町の法華嶽の薬師寺に業病の平癒を祈願するため訪れたという伝説が残っている。伝説ゆかりの地名も見られる。秋元松代の「かさぶた式部考」に法華嶽が登場する。

三月二十二日㈬

合ふはずと思へば合ひぬ宮崎のワインと根室の天然帆立貝

北の国の友人が大きな帆立貝を送ってくれた。宮崎ではお目にかかれないような立派さで、感激である。殻を帆のように立てて進むというのは実際はないらしいが、そんな話も信じたくなる。妻と二人でいただいた。

三月二十三日㈭

三年の旅の辛苦をわすれさせしグレゴリオ十三世の接吻

日本人で初めてローマ法王に会ったのは、天正遣欧使節の四名である。一五八五年三月二十三日だ。正使の伊東マンショは宮崎県出身。一昨年に私が作詞し、出田敬三氏が作曲した「われはマンショ」の交響詩曲がある。その歌をもって宮崎県川南町の合唱団と東京都の音楽大の学生が三日前にローマに向かった。マンショも訪れたローマの教会とオーストリアで曲を披露するためである。

三月二十四日㈮

百四十字よりも内容が深く濃い三十一文字の凜と咲く花

高校生の短歌作りが盛んだ。高校の短歌専門誌が二つ届いた。宮崎商業高校の「もくようび」と福岡女学院高校の「一凜」である。ともにレベルが高い。

「きみを待つことに慣れよう干潮を迎えたような夜の黒板・狩峰隆希」（もくようび）

「読みかけの本にはさんだ栞からこぼれる冒険世界の光・神野優菜」（一凜）。

三月二十五日㈯

新葉の下にひつそりと脇役の
やうに咲きゐるくろもじの花

庭にいろいろの花が咲きはじめている。木の花も、草の花もいい。もっとも私は観賞するだけで、世話はすべて妻がしている。妻の声で庭に出たら、黒文字の木がかわいい黄色の花をつけていた。

三月二十六日(日)

めらめらと茜に空の燃えてゐる
思はず頭《かうべ》垂るる日もある

海岸から二キロ近くのわが家は、西の方は視野がひらけている。雄大な夕焼け空を眺めることができる。かなたには霧島の山々が見える。

三月二十七日(月)

辞書見れば「ふち」には淵《ふち》と縁《ふち》とありあやふき「ふち」に行く人は行く

梯久美子著『狂うひと――「死の棘」の妻・島尾ミホ』を再読しながら人間と文学について投げかける問いにあらためて息を呑む。島尾敏雄は例の日記を意図的に見せたのかもしれないと言う。それは果たして島尾に限った行為なのか。

三月二十八日㈫

遠国へ脱出する他すべなくて
皆出て行ける寂しきニホン

東京の映画館で一昨年見た平田オリザ氏原作の深田晃司監督「さようなら」をテレビで再度見た。日本中が放射能に汚染される近未来を描くこの映画のなかでアンドロイドが牧水の歌「いざ行かむ行きてまだ見ぬ山を見むこのさびしさに君は耐ふるや」を誦する印象的な場面がある。

三月二十九日（水）

研究室の書棚からつぽになりにけり我を見てゐし先生の消ゆ

定年退職後も客員教授として長く使っていた大学の研究室を今月末で引き上げることにした。ようやく片づいた。大学図書館に返す研究図書、諸施設に寄贈する本、自宅に持ち帰る本、すべて整理して一冊の本もなくなった。

三月三十日㈭

延岡にブロンズ像もある充真院
されど県民に知られてをりや

今日は旧暦三月三日。桜田門外の変はたしか安政七年の三月三日だった。暗殺された大老の井伊直弼の姉は宮崎県の延岡の内藤家に嫁いでいた。才女だったことで知られるが、昨年読んだ神崎直美著『幕末大名夫人の知的好奇心――日向国延岡藩内藤充真院――』にはあらためて教えられた。

三月三十一日㈮

射してくる光すべらせこぶし咲くかたへに人を待ちてゐるなり

こぶしの花が白く輝いている。宮崎市は街路樹にしているところもある。馬場あき子さんの「忘れんと思う心に咲きかえり川面あふるるこぶしのかおり」（『飛花抄』）が私は好きだ。辛夷の花の咲く季節は別れと出会いのそれでもある。

四月

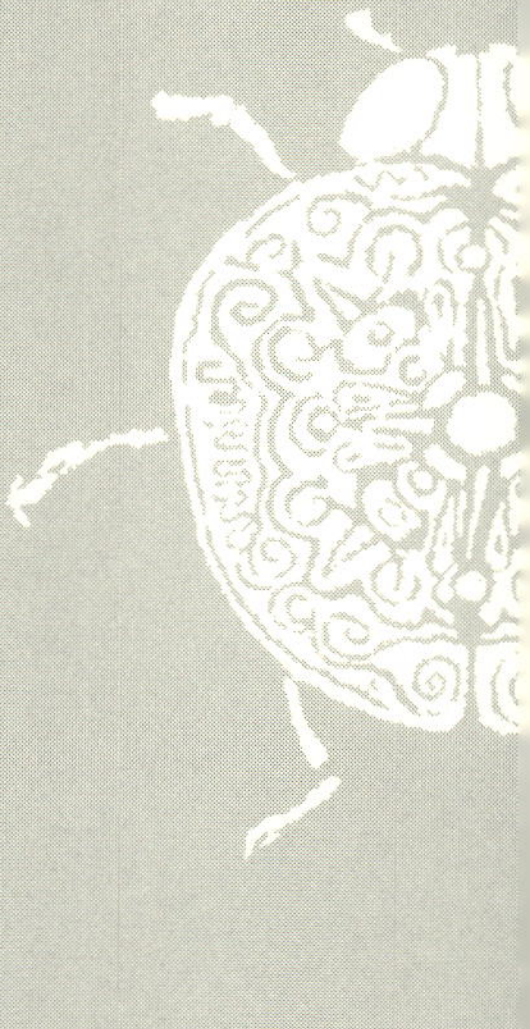

四月一日㈯

さもあらむさもあらむかな密葬の日は春嵐吹き荒れしとふ

三鬼忌。学生時代に作歌を始めたころ、俳句の本もよく読んだ。個人句集で熱心に読んだのは西東三鬼である。四年生の夏にちょうど角川文庫で『西東三鬼句集』が出た。今もその文庫をもっている。赤鉛筆でいっぱい印がしてある。「冬鷗黒き帽子の上に鳴く」「昇降機しづかに雷の夜を昇る」など影響を受けたような気がする。

四月二日(日)

池みづを二匹して飲み去りにけりその後の幸をしばらく想ふ

相変わらず他所の猫が庭にやってくる。今日は連れだって二匹である。加藤楸邨の遺句集『望岳』（大岡信編）の猫の句を思い出した。「猫の恋小さきは小さき真顔にて」また「しばらくは恋猫の目となりてみむ」。みずみずしい。

四月三日(月)

春夏秋冬他《ほか》のいのちを奪ふな
く他のいのちを支へ木木樹《た》つ

穂村弘さんの最新エッセイ集のタイトルは『野良猫を尊敬した日』。意表をつく書名だ。エッセイに登場する彼は「肝のサイズ」が小さくカッコワルイ姿なのだが、個性的な文体がカッコイイので、カッコワルサが昇華されて、そして読者は励まされる。表題作の一篇もそうである。そうか、穂村さんは野良猫を尊敬するか。私は何を尊敬するか。

四月四日（火）

自転車のサドルに白き鳥の糞《ふん》
気持ちよかりけむ輝きてをり

自転車で出かけるのにいい季節になった。この頃は遠出はさすがにしないものの、あちこちペダルを踏んで出かける。今日も愛車で出かけようと思って庭の自転車置き場に行ったら、なんと先客がいたらしいのだ。

四月五日（水）

未来より近づいてくる牧水
のまだ誰も見ぬ姿見つけむ

二〇一八年は若山牧水の没後九十年である。関係者といろいろな企画を話し合っている。今日もそんな会議をもった。牧水の尻っぱしょりして草鞋をはいた旅姿はすでにそのころオールドファッションで、今日は一層そうであるが、そんな牧水の抱いていた思想は文明社会の危機に直面している現代こそ注目すべきものがあると私は考えている。

四月六日（木）

山ざくら早く咲けるを愛《め》でたりき染井吉野は急がず開け

今年は桜の開花が宮崎はとくに遅れた。一月上旬までが暖かい日が多かったので、厳しい寒さにさらされることで花芽がめざめる「休眠打破」が遅れたこともその要因のひとつという。そして、開花直前は暖かさが必要なのに、その時期は冷え込んでしまったことも。もっとも、これは染井吉野を中心とした話。古くからの山桜は宮崎では二月中旬にはまず海岸部で、そして次第に山間部にひらき、目を楽しませてくれていた。牧水の愛したのはこの山桜の方である。

四月七日㈮

雪原に無心にあそぶ子の詩なり「あんなふうにやれなきゃ駄目だなあ」

大岡信氏が一昨日亡くなった。悲しい訃報が届いたあと、深く敬っていた氏を偲びつつ『大岡信全詩集』を繙いている。一六八六頁目になる最後の一篇は氏らしい「雪童子」である。若山牧水賞選考委員として十数回も宮崎においでいただいたときの温かいお顔が目に浮かぶ。

四月八日（土）

「天」をもて始まる「ん」は「痰」「小便」「寝棺」「出棺」あはれ「仏壇」

子規生誕百五十年の今年という。雑誌でも特集が組まれ始めている。三十五年の短い生涯になした仕事は凄いというほかない。先日は脚韻集である「韻さぐり」を久しぶりに読む機会があった。痛切な箇所がある。

四月九日(日)

下戸なりし子規にかはりて酒を飲み藤なみの花よみがへりけり

子規は「墨汁一滴」で日本酒は「変テコな味」と書いている。「俳句」四月号の宇多喜代子氏との対談で坪内稔典氏は、子規が甘党だったと語っている。その子規の歌に「八入折の酒にひたせばしをれたる藤なみの花よみがへり咲く」がある。誰が何のために子規のところに持ってきた酒だったのか。

四月十日(月)

見上ぐるもよし二階より眺むるもまた可愛ゆしよ妹《いも》なる杏

家のリビングルームのすぐ南側にわりと大きな杏の樹が立っている。梅の花より少し大きい薄紅色の花は見飽きない可愛さである。ただ上枝の花は見ることができないが、二階のベランダにのぼればじっくり眺められる。そして、初夏になれば可愛い実がなる。

四月十一日（火）

目をつむり香りをかげばわが魂《たま》は南アフリカの原野にあそぶ

前に妻が友人からもらった野生種のグラジオラスが今年初めて庭に花を咲かせた。園芸品種とはまるで違う。野生種の種類はきわめて多く、ネットで調べるとわが家の花は南西ケープ地方に分布するトリスティスだ。薄黄色の花びらに薄緑のすじがある。上品だ。しかも香りがいい。玄関の花瓶に飾った。

四月十二日(水)

真白なる桃の花なり実生なる二代目ゆゑに心合ひの樹

宮崎市に住むようになって三十六年、その前は県南の串間市に十年暮らしていた。引越するときに何本かの庭木も移植した。そのうちの一本に白の美しい花を咲かせる桃の木があった。しかし、残念ながら数年前に枯れてしまった。ところがそのかたわらに幼木が育った。ちゃんと子孫を作ってくれていたのだ。

四月十三日（木）

「誰にでも愛される目をしてゐる」と日記に啄木書きし牧水

啄木忌。啄木と牧水は文学上の親友だったと言っていい。啄木の明治四十五年四月十三日の最期を見取ったのは、啄木の家族の他は牧水だけだった。「初夏の曇りの底に桜咲き居りおとろへはてて君死ににけり」「君が娘は庭のかたへの八重桜散りしを拾ひうつつとも無し」と牧水は歌っている（『死か芸術か』）。

四月十四日㈮

牧水の恋の名歌をおぎなひてびつしりと書きし人の青春よ

昨日の西村和子さんとの対談は愉しかった。「短歌」六月号用の対談で、「雨」の題のお互いの作品を批評しながら、俳句と短歌の魅力について語り合った。詳しくは雑誌を見てもらうことにして、私が驚いたのは西村さんが持参した学生時代の文庫本の『若山牧水歌集』に、未収録の作品を調べてあちこちのページに書き込みのあったことだ。それは全集をわざわざ見なければできない大変な努力だ。

四月十五日（土）

天よりの光を容れてみじろがず新《さら》なる白の山芍薬の花

庭の山芍薬が今年はいくつも花を咲かせている。山で初めて見たときの感動は今も忘れないが、庭で気品のあるこの花を眺めることのできるのはうれしい。今日は午後の飛行機で名古屋空港に。そのあと中津川まで行く。

四月十六日（日）

一口目より二口目、三口目が
うまい酒ありそんな人あり

中津川市で牧水系の歌誌「彩雲」創刊十周年記念の行事で代表の田中伸治氏と「自然とこころ」のタイトルで対談。楽しい宴もあった昨夜の宿は、大正十年に牧水が泊まった由緒ある「長多喜」である。牧水はどこでも多くの人に迎えられ幸福者だったと思う。

四月十七日(月)

熊本の「いのちの電話」相談員減りし現状訴ふる記事あり

名古屋から午後に帰宮。昨日は熊本地震の本震の日だった。一年が過ぎても、被災した人びとの生活の困難は続いている。去年訪れたときの益城町の崩壊した家々の光景が目に焼きついている。「熊本日日新聞」の選者を担当している関係で、「熊日」を有り難いことに毎日送って下さる。生活再建に苦労している県民の現状を教えられる。

四月十八日（火）

執念のなき軽さなりかわきたる春の落葉のどこにでも行く

落葉の季節と言えば、他では冬だろう。落葉樹が葉を降らせる。だが、常緑樹の多い宮崎市では春である。いま街中を歩くと、道路に乾いた落葉がいっぱいである。とくに宮崎県庁の前の路上は楠の落葉が風に吹かれて楽しげに遊び回っている。

四月十九日(水)

驚くな没後七十九年目の「文學界」の表紙ぞ君は

「文學界」では五月号から俵万智さんの新しい連載「牧水の恋」が始まった。牧水の若き日の園田小枝子との恋愛については、ある程度は大悟法利雄等によって明らかになっているが、その真実はまだわからないことが多い。その意味で俵さんの「謎解き」が楽しみだ。これまでの資料を十分に生かしつつ、俵さんの新しい恋歌の読みが第一回から出てくる。重からぬ、そして軽からぬ、彼女の文体が牧水の恋を語るのにふさわしい。

四月二十日㈭

あくがれを貫き生きし一身をさらして立てるなかんづく九〇〇

宮崎県立図書館の名誉館長も今年で五年目となった。非常勤であり、ときどき出かけている。職員と読書活動や文化活動の推進のための事業などを随時相談している。書架の間を歩くのはいつでも楽しい。とくに文学書のコーナーは。

四月二十一日(金)

ソロ充とキョロ充の語を今日知りてわが若き日を思ひ出すなり

ある会で、「ソロ充」の語を教えられた。「リア充」は前から知っていたが、「ソロ充」は知らなかった。家に帰って調べてみたらさらに「キョロ充」もあった。一人で楽しめる「ソロ充」、いつもキョロキョロして知り合いを探している「キョロ充」、昔もそんな若者がいたような気がする。

四月二十二日(土)

しづかなる家の独酌もよけれど
もいざや伊丹へ酒戦の待てば

今日は伊丹市で第十五回「日本ほろよい学会」。会長は佐佐木幸綱氏。日本酒を語り、飲む会である。今回は坪内稔典氏の企画である。佐佐木氏、坪内氏、宇多喜代子氏、それに私の四名で「酒の短歌・酒の俳句」の座談会を行うことになっている。楽しい会になりそうだ。牧水に伊丹の名酒「白雪」を歌った作が七首ある。

四月二十三日(日)

学校を放送局に擬しながら必死に登校せし寺ちゃんよ

星野源著『いのちの車窓から』を読んだ。「寺坂直毅」の一章があるのが嬉しかった。星野源が「寺ちゃん」と呼ぶこの「紅白歌合戦に詳しすぎる作家」は宮崎県の高校の夜間部の出身で、私はその学校のスクールカウンセラーだった。中学二年から不登校だったらしい。高校も登校が苦しそうだったが、がんばった。深夜放送を聞き、そして自分の原稿を投稿するのが生きがいだったと思う。いま見事に夢をかなえて放送作家に。一昨年は宮崎市で楽しい公開対談をした。

四月二十四日(月)

五十年以上の前の友の手紙われを揺さぶるそのかみよりも

古い手紙や写真、また書類などを整理していたら、なつかしいものがいろいろ出てきた。手紙など思わず読みふけってしまう。学生時代にもらった手紙はもう五十年以上前のものだ。あらためて自分が多くの人に支えられてきたことを思う。感謝の念あるのみである、

四月二十五日(火)

色ちがへおのがじし光る星眺む人間であることを忘れて

旧暦三月二十九日。弥生も終わりである。夜の散歩もこころよい。猫に出会った。逃げずにじっと私を見ている。栗木京子さんの「路地をゆく猫はいつでも長旅の途中のごとし春の夜はなほ」(『けむり水晶』)を思い出した。

四月二十六日(水)

愛蔵の書籍を売りてその金でわれら飲ませし饗応の友

福島泰樹からの連絡で、病床にあった飯田義一の死を知った。悲しい。同じ西洋哲学科のよき友人だった。西哲の何人かで酒を飲みながら哲学や文学の議論をよくしたものだ。鷺宮の彼の一室に押しかけて。書棚に並んでいたキルケゴール全集や太宰治全集などは、いつの間にかなくなった。われわれの酒代に消えたのではなかったか。彼の人なつっこい笑顔が目に浮かぶ。新婚旅行に宮崎に来てくれたことも忘れられない思い出である。

四月二十七日㈭

晴の日の酒のかなしさ雨の日の酒のさびしさ何れ勝るや

学生時代によく酒を飲みながら議論した。先日の「日本ほろよい学会」の座談では、今の若い人があまり酒を飲まないということも議論になった。そんな若い人にたとえば牧水の「なにものにか媚びてをらねばたへがたきさびしさ故に飲めるならじか」(『白梅集』)といった歌はどう目にうつるだろうか。

四月二十八日㈮

小《さ》庭《には》より摘みきてうまし朝も食べ夜も食べたる嫁菜のごはん

庭の嫁菜は秋にかわいい花をつける。春は若葉を摘んで嫁菜御飯を楽しめる。味ももちろんいいし、御飯の白をいろどる緑もうつくしい。夜の晩酌が終わったあとがまたうまい。

四月二十九日（土）

人に言はば馬鹿にされむよアルバムの幼きわれがわれに話しかけしなど

古いアルバムを整理していたら、自分のおそらく一番小さいときの写真があった。一歳ぐらいだろうか。丸裸でちょこんと一人坐っている（賢いことに！　大事なところは片手でちゃんと隠している）。今から二十年ぐらい前に或る短歌雑誌が「伊藤一彦アルバム」を特集してくれたことがあり、幼いときの写真は出してもこの写真は出さなかったのを思い出した。

四月三十日(日)

祖父か否曾祖父ほどの齢なる
大樹あふぎて言の葉を待つ

今日は宮崎市から車で四十分ぐらいの綾町の「照葉短歌賞」の表彰式。綾町は手作りの里、自然生態系農業、照葉樹林で有名、またユネスコエコパークの町として知られる。世界一の照葉樹林だろう。私は幾度も出かけている。そして、県外から見えた人を何人も案内している。新緑の今の季節が訪れるには最高だ。

五月

五月一日(月)

世といふは人の世のみか山の世
に雲の世さらに見ぬ世もあるを

持統天皇の「春過ぎて夏来たるらし白妙の衣干したり天の香具山」は有名だ。この「衣」についいては諸説ある。国文学者の鉄野昌弘氏の文章が私には忘れられない。「霞でも雲でも卯の花でも、極端に言えば、人々が干す衣であってもかまわないだろう」「肝心なのは、衣が何であれ、それを干すのが『天の香具山』であることである」(季刊「明日香風」一〇二号)。

五月二日（火）

けはしくて近づきがたく手とどかぬ山上に咲くあけぼののつつじ

宮崎日日新聞に「あけぼののつつじ」のかれんなピンクの花が高千穂の山中で見頃だと写真つきで出ていた。私も十年ほどまえに娘夫婦の車に乗せてもらって見に行ったことがある。空の青と山の緑をバックにして仰いだ、幻のような薄紅の花が今も目にあざやかだ。

五月三日(水)

会ふことはつひになかりきわが歌に影響あたへし寺山修司

明日は寺山修司の命日である。世を去ったのは一九八三年五月四日だった。私が作歌を始めて最初に心惹かれた現代歌人が寺山修司だった。『空には本』『田園に死す』の作品を懸命に書写したことを憶えている。いま自分の第一歌集を見てみると、寺山作品の模倣が目につく。そのころは真似しているなどとは思ってもみなかった。そんな私の歌集に礼状を下さったことは大切な思い出である。

五月四日(木)

頼もしも若き救急医牧水の
祖父も地方の医に尽くしにき

宮崎の「牧水研究会」の事務局長は歌人で医師の長嶺元久氏である。新聞を見ていたらそのお子さんが県立延岡病院の救命救急科長として着任したという記事が出ていた。「県北の地域医療を守る会」から歓迎の手紙を渡したという写真付きの記事である。延岡は牧水にとって十代の八年間を過ごした大切な土地。父親の元久氏は因縁を感じられたかも知れない。

五月五日(金)

文華堂、大山成文館、田中書店一軒も今は無くさびしきよ

こどもの日。宮崎県立図書館では先月中旬から明後日まで「こどもの読書週間」の諸行事を行っている。読書の喜びを知っている人は人生を何倍も楽しめる。生まれ育った家の近くに本屋があって私はしあわせだった。少年雑誌の販売日には待ちきれずに一日に何度も本屋に出かけた。

五月六日(土)

定形と言葉と心いかにせむ
すかすかの歌だぶだぶの歌

月に一回の「心の花」宮崎歌会。最近、新入会の人が増えて、出詠歌も四十五首と多い。意見も活発に出るので、二時間半で終わるのが容易ではない。工夫が必要かも知れない。それにしても、歌を仕上げるのは何十年続けていてもむつかしい。

五月七日(日)

別名の狐の提灯も面白し
さらによろしき宝鐸草は

植物の名前はおもしろい。先祖が知恵をひねって、あるいは楽しみながら名づけたのだ。たとえば春にかわいらしい花をつけるオオイヌノフグリはその実のかたちからつけられた。こんなかわいい花にかわいそうにと言う人がいるが、それは犬に対して失礼ではあるまいか。

五月八日（月）

三年前よりもこころの空国《むなくに》となれる日本に悲憤しをらむ

第十四回筑紫歌壇賞選考委員会のため、福岡へ。この賞の創設に努力され、いつもお世話になった久津晃氏のことを想う。残念ながら三年前に亡くなられた。「あんたくさいまはどうでもよかばってんひとりよかことするはひどかよ」（『硝子の麒麟』）の歌が久津氏にある。「ひとりよかことする」のを嫌った人だった。

五月九日(火)

新しきグラスを買ひぬどの国のいかなる色の酒をそそがむ

私は酒は種類を問わず飲む。ビール、日本酒、焼酎、ワイン、シャンパンその他。季節にもよるし、その日の肴にもよる。器もその日の気分である。久しぶりに飲むためのグラスを買った。手頃の大きさで、持ち具合がよかった。

五月十日㈬

楠《くすのき》のいまださみどりの葉の昏るるきはの光をひとり見つめぬ

今日は宮崎県立図書館で、正岡子規について講演。子規に「韻さぐり」という脚韻集がある。たとえば「ん」は「天」「楽園」「銀漢」などのロマンある言葉で始まり、途中から「入棺」「寝棺」などの痛ましいような言葉が並ぶ。だが、こういう仕事に熱中しているときの子規は自らの病気をいくらか忘れることができただろう。

五月十一日㈭

初対面の啄木について書きてをり「気持の好い顔」「きびきびした口調」

牧水研究会で「若山牧水と石川啄木」と題して発表。三十名ほどカフェピットの小会議室に集まる。牧水と啄木は出身は南と北で対照的だが、半年違いの生まれで互いに信頼し合っていた友人だった。明治四十三年秋に啄木に初めて会ったときのことを牧水は「石川啄木君と僕」という文章に書き残している。

五月十二日㈮

「聞く」ことは「聴く」ことでありそれはまた「利く」「効く」といふ魔法の力

宮崎市の宮崎観光ホテルで「こころの力」と題して講演。九州地区私立中学高校協議会の総会である。教育関係者の集まりである。スクールカウンセラーの仕事を私は二十年ほど行った、その体験からの話。ただ、カウンセリングの現場からもう離れているので、どこまで話が通じるか。

五月十三日（土）

わづかなる風に動けるえごの花
揺《ゆ》れたしや否揺れたくなしや

書斎から見えるえごのきが大きくなった。五月になると、柄の先に垂れ下がる白い小花が実にかわいい。えごのきの花と言うと、今は亡き上田三四二氏を想う。氏が亡くなられる八か月ほど前に、東京大塚の癌研附属病院に知人とお見舞いにうかがったとき、氏の愛するえごのきの花を持って行ったことを忘れがたく記憶しているからである。三四二氏の穏和で優しい表情は目に焼きついている。

五月十四日（日）

笑顔よきほとけの母の母の日に母よりもらふ一献の酒

母の日。去年二月に百一歳で私の母は世を去った。死の当日の夕方まで元気だった。母の日はいつも私と妻と三人で、大淀川を見おろすホテルのレストランで食事をした。食欲も旺盛だった。ホテルの人が「本当に百歳ですか」と年齢を聞いて驚くほどに。「桜じま大噴火せし年に生《あ》れ百年生きぬ寅年の母」（『土と人と星』）。

五月十五日（月）

花も葉も雨にかがよひつつし
づか山あぢさゐも蛍ぶくろも

三日前の宮崎は真夏日だった。日差しも強く夏到来かと思われたが、夜はまだひんやりとしている。このところ天気が変わりやすく、晴れたよい日が続くかと思うと、雨が降る。雨もわるくない。庭の草木も雨をよろこんでいる。時に枝を切って家のなかの花瓶に飾る。花は外で濡れている方がうれしいか。

五月十六日㈫

褐色の夏の蟷《たう》螂《らう》鎌あげて庭を行くなりきなくさき世の

庭のちょっと広いところに褐色のカマキリがいた。辺りを払う感じで堂々としている。奥本大三郎さんと西村和子さんの対談集『愉しきかな、俳句』で教えられていたので、これは枯蟷螂ではなく、初めから褐色のカマキリなのだとわかった。品のいい鎌の持ち上げ方をしばらく眺めていた。

五月十七日㈬

南らしくおほどかなるが宜しけれみんなみの会みんなのみ会

九州を中心とした超結社誌「梁」の第九十二号がようやくできた。創刊は昭和五十三年である。いまは故人となった冨士田元彦氏にすすめられ、やはりもう故人の熊本の安永蕗子さんをリーダーとして発足させた「現代短歌・南の会」の会誌である。原稿催促なしの自由かつ自発的な雑誌なのに、よく続いてきたと思う。編集長の私の仕事はひたすら原稿を待つことである。

五月十八日㈭

耳川がさかひなりにき清酒圏と焼酎圏とわかれし日向

宮崎県の代表的な川がいくつかある。そのなかに珍しい名をもつ耳川がある。椎葉村から日向市までを流れる。豊後の大友宗麟軍と薩摩の島津義久軍のいわゆる耳川合戦（天正六年）はよく知られている。宗麟軍が負けた。この耳川はいろいろな点で県北と県南の境になっているようだ。

五月十九日㈮

酒の甕もちて山のぼる母追ひき後に酒豪となる少年は

県北の中心は延岡市である。江戸中期の日向で唯一の譜代藩であり、十八世紀半ばには内藤氏が今のいわき市から転封により藩主となった。もともと酒造りがさかんな延岡でいっそう日本酒党が増えたかも知れない。牧水の母のマキは延岡の武士の娘で、酒はかなり飲めた。その母は結婚後とくに夫婦喧嘩のあとなど小瓶に酒を入れ、幼い息子を連れて山にのぼった。牧水が思い出を書いている。

五月二十日(土)

大きなる耳輪つけたる一族が渡来せしゆゑここは「みみ」の名

若山牧水記念文学館に行くときは、日向市駅までJRで行く。日豊本線である。特急で五十分ほどだ。日向市駅の近づいたあたりで、耳川の鉄橋を渡る。いつ見ても心動かされる景色である。河口の方を見ると、美々津の港が見える。耳川の「耳」と美々津の「美々」は同じ語源をもつのだろう。民俗学者の故谷川健一氏の説はユニークだった。

五月二十一日(日)

父亡きあとタギシミミノミコト殺されき日向の母は知らざりにけむ

美々津の港はイワレビコのちの神武天皇が東征に出発した港という伝説をもつ。神話によれば、イワレビコの妻はアイラヒメと言い、子の名前はタギシミミノミコトとキスミミノミコト。ふたりとも「ミミ」の語がはいっている。アイラヒメは日向に残される悲しい定めとなり、大和に向かった二人の子を恋い慕い、港に「ミミ」の名をつけたと言う伝説もある。

五月二十二日(月)

どの記事をおのれ書きしか分からぬが悲し大宮高校新聞

私は高校時代に新聞部に入っていた。その高校時代に他の部員と作った新聞をなんと見る機会があった。昭和三十五年の発行である。そのころ年五回発行し、生徒に十円で売っていた。今ならそんな販売などあり得ないだろう。紙面をなつかしく読んだ。生徒議会の記事、部室管理問題、さらには六〇年安保問題なども特集している。タブロイド版四ページながらなかなか充実しているではないか……。

五月二十三日㈫

帽帯の白線三本ありにけり自由と平和と正義の精神

今の高校生には信じられぬ話だろう。私の高校時代、下駄をはいて自転車で登校していた。雨の日は傘をさして（今と道路交通法が違うので違反でなかったはず）。帽子はかぶっていた。去年亡くなった母の遺品を整理していたら、虫食いのわが制帽があった。

五月二十四日㈬

「思ひ出に生きる女」とみづからを言ひゐし母よ物捨てざりき

文章を書くのは小学校の時から好きだった。高校一年生のとき、「高校コース」の「文章」欄に応募して入選したことがある。「私の家」という題で自分の家族の日常を書いた文章だった。賞品として万年筆が送られてきてうれしかったのを記憶している。「高校コース」の作文のことはすっかり忘れていたが、母がじつは大事に保存していた。五十数年前の自分と対面した。母親とはありがたいものである。

五月二十五日（木）

日向に無き笹の若芽といふ根曲り
竹歯ざはりよきに日本酒すすむ

秋田の酒豪の友の加賀谷実さんが、シドケとマガリタケを送って下さった。宮崎の者にはめずらしい。コゴミはわが家の庭に植えてある。妻がさっそくシドケもマガリタケもレシピを参考に料理した。レシピにいろいろの食べ方があって迷うが、酒は迷わず秋田の雫酒とした。

五月二十六日㈮

少しづつ近づきそろそろわが家か「とーふーとーふー」とふラッパ音

「文藝春秋」に馬場あき子さんがエッセイで「豆腐を切らしたことはない」と書いていた。そして、「子どものころはラッパを吹いてくる豆腐屋さんを呼び止める楽しさがあった」と。わが家も豆腐を切らさない。有り難いことに週一回は豆腐屋さんが近所を回ってくる。ラッパ音のあとに可愛い女の子の声で「あつあげもあるよ」。白髪のおじさんががんばっている。

五月二十七日㈯

娘《こ》の部屋のバターンバターンの
強き音絶えず聞こえき大会前は

今日は「百人一首の日」。藤原定家の『明月記』の五月二十七日に、書写した和歌百首が小倉山荘の障子に貼られたという記述があるのがその由来らしい。長女と次女は宮崎北高校で「かるた部」に所属し、近江神宮での全国高校かるた選手権大会に出場して第三位となって県で初めてのメダルを持って帰ったことがある。

五月二十八日(日)

木木の葉がときにそよげる音の
ほか何もきこえぬ空《くう》つつむ闇

今の大島町平原に縁あって家を建て住むようになって三十数年になる。周りがほとんど畑だったころがなつかしい。近くにマンションができた今も、静けさは保たれていてうれしい。ふと世界中から取り残されているような気がすることもある。

五月二十九日（月）

七人を棲ませ十のおっぱいのありしわが家の三十六歳となる

かつては今の家に七人が住んでいた。薬屋をやめて一緒に暮らすようになった両親、そして私と妻と三人の娘である。現在は両親が他界し、三人の娘は結婚して家を出たので、二人暮らしである。ただ、長女と次女は近くに住んでいるので、しょっちゅう訪ねてくる。三女は千葉に住んでいて、上京したときには会える。

五月三十日㈫

佇みて声をかけなば答へくれむごとき下枝《しづえ》の杏のみどり

庭の杏の実が大きくなった。実の数はそれほどではないが、昨年よりは多いだろうか。もう黄色くなりかけているものもある。地上に落ちてしまっているものもある。わが家はシロップ漬けにする。花はもちろん美しい。高野公彦氏の『汽水の光』の巻頭歌は「少年のわが身熱をかなしむにあんずの花は夜も咲《ひら》きをり」だ。

五月三十一日(水)

雨の日は雨合羽着て坂道を生徒と一緒に上る先生

読売新聞の西部本社版の連載「道あり」は九州在住のいろいろの人を紹介するインタビュー記事である。熊本出身のコロッケさん、大分の村山富市元首相、に続いて今回が私で五回連載だった。高校時代の新聞部の長友克輔君、大学の級友福島泰樹君、高校の教え子で俳優の堺雅人君、「心の花」の仲間の俵万智さん、皆さんが忙しいなかインタビューに応じてくれうれしかった。堺君の私に対する印象はやはり自転車と結びついているようだ。

六月

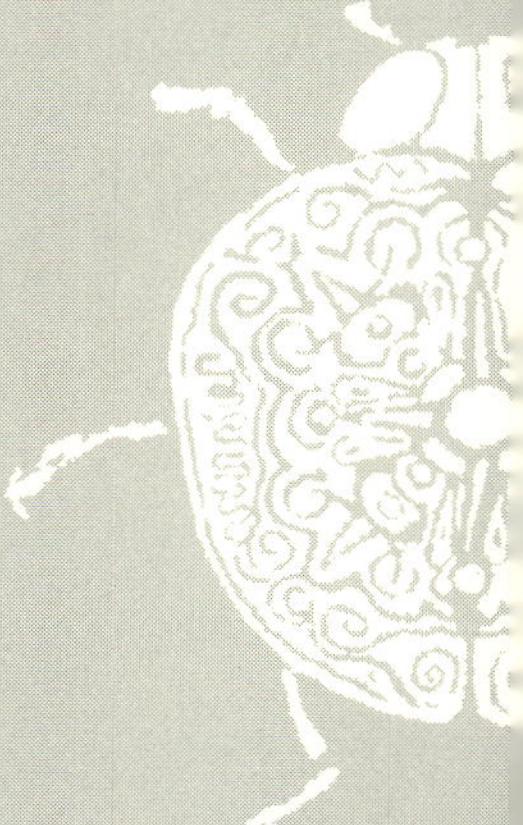

六月一日（木）

夏来たる広き日向の空汝《なれ》
よ激しき雷《らい》を欲する日なしや

今日から六月。空はもちろん夏の空である。東京や福岡から帰ってくると、宮崎の空は広いとつくづく思う。宮崎空港から自宅にむかうタクシーのなかで運転手さんとそんな話をよくする。運転手さんは「これで宮崎の経済がもうすこしよければ言うことないのだが」と独り言のようにつぶやく。

六月二日（金）

年とるはいかなることか「年齢は常に初体験」と先輩言へり

黒井千次氏の『老いの味わい』は面白い本で、講演会などでよく紹介する。老いの厳しい現実をしっかり見つめて、なお老いの健やかな心の持ち方を教えてくれる。「一年の間は便宜上の区切りによって同じ歳だと呼べたとしても、何年何ヶ月、何日生きて来たかに着目すれば、現在とはその先に延びていく時間なのであり、これは常に新しい体験を孕んでいる」。

六月三日(土)

おのがじし考へを率直に出だすべし呪文のごとき歌も腑分けし

今日の「心の花」宮崎歌会は、選者の晋樹隆彦さんをゲストに迎えておこなう。晋樹さんは第十八回の若山牧水賞の受賞者でもある。俵万智さん、大口玲子さんも出席。歌は四十三首出ている。どんな歌会になるか楽しみだ。その後はもちろん酒豪晋樹さんを中心に懇親会。

六月四日(日)

遠き世のとほくはあらず橋こえて砂の参道を鳥居にむかふ

晋樹隆彦さんと「心の花」の仲間十人ほどでジャンボタクシーに乗って青島へ。若山牧水や長塚節の恋の歌の歌碑がある。青島神社の境内にはトヨタマビメとヒコホホデミノミコトの相聞の歌碑がある。青島は恋の島なのだ。海の音を聞きながら歩いていると、神話時代にタイムスリップする。

六月五日(月)

『百年の船』のあとには『ムーンウォーク』そして『ほろほろとろとろ』面白

上野誠氏の新刊『万葉集から古代を読みとく』を読んだ。いつもながら上野氏の万葉集の本は新鮮で面白い。歌を何のためにどう伝えようとしたか教えられる。古代の日本人の文字についての工夫も述べられるが、上野氏によれば昨今のカタカナ英語の氾濫も、長きにわたり新知識のほとんどを輸入に頼り、外来語を次々に受け入れてきた日本にとってはあるべき姿なのだと。現代歌人の歌集名も漢字、ひらがな、カタカナ、いろいろである。佐佐木幸綱氏の最近の三歌集のタイトル。

六月六日㈫

「のぼせもん」温かき笑ひくださるも博多ゆたけし筑紫ゆたけし

上野誠氏は五月に『筑紫万葉恋ひごころ』も出したばかりである。上野氏は福岡県出身で、郷里の「西日本新聞」に連載されたこの本は格別に楽しい語り口である。「年寄りがいつまでも宴の席にいては、若い人びとは、気兼ねして、大騒ぎできない。だから、ほどよいところで、早引けするのがよい。わが敬愛する学界の長老は、宴もたけなわとなると、私の目を見て、『憶良らは―』と言う。すると私は、急いでタクシーを呼ぶ」。その後どうなるか最後の一行まで紹介できないのが残念至極。本人は自らを「のぼせもん」と言う。

六月七日(水)

牧水が呼びたる雨か雨山とか
白雨と名告りしこの雨おとこ

今日は日向市の若山牧水記念文学館の「短歌講座」。今年度最初の講座である。二回目以降は実作講座で、今日は私の話。栗木京子さんと小島ゆかりさんの二人の牧水賞受賞者の作品を取りあげる。小雨が降っている。牧水の故郷の坪谷は雨の多いところで、その山の雨を愛したと「おもひでの記」に書いている。栗木さんも小島さんも雨の印象歌が多くある。よい歌人は晴れでも雨でも名歌をうたえる。

六月八日㈭

切妻の下の縁台《バンコ》に憩《やす》みをれば
われを追ひ来し女人がゐたり

山間に生まれ育った牧水が初めて海を見たのは、日向市の美々津である。耳川の河口の町だ。牧水の祖母は美々津の出身だった。かつて港町として栄えた美々津は古い建物が多く残っており、現「重要伝統的建造物群保存地区」になっている。切妻屋根の古民家の続く道を歩くのは気持ちいい。

六月九日（金）

イハレビコに連れてゆかれし
頭よき男と愛《は》しき女帰り来ず

美々津はイワレビコ、後の神武天皇が東征に出発した港としても知られる。イワレビコが座ったという御腰掛岩がある。東征にあたって選り抜きの日向の男女を船に乗せていったと私なども小学校のときに聞かされた。残りが宮崎県民の祖先になったと。自虐的な話だが、みんなで大笑いして聞いた。美々津漁港の船は今でも神武東征の船の航路は通らない。その航路を行けば帰ってこられないと信じているから。

六月十日㈯

「興雨」より始まり「好雨」「恒雨」「江雨」さらに「洪雨」「紅雨」と続く

九州南部も梅雨に入った。宮崎県はよく雨が降り、降水量も非常に多い。手もとに『雨のことば辞典』を置いて時に開くが面白い。「雨のことば」が一千百九十語である。知らない言葉がたくさんある。「コウウ」だけでも十語。

六月十一日(日)

目をやればいつもわれ見てくるるなり一対の黒と赤の鶉車

宮崎市から車で三十分ほどのところに国富町がある。日本三大薬師の一つである法華嶽薬師寺は有名だ。和泉式部が悪病をここで治したという伝説が残っている。前に訪れたとき、御住職からいただいたうずら車を今も大切に棚に飾っている。木に簡単な刀を入れただけの素朴な郷土玩具である。色は二色だけで、とくに目がかわいい。

六月十二日(月)

平成のいまの為政者日本の雅《みやび》を知らず隆家を見よ

前から読みたかった葉室麟著『刀伊入寇　藤原隆家の戦い』を読んだ。引き込まれて一気に読了した。久しぶりに『大鏡』も取り出した。この「世にもいとふり捨てがたき」隆家に、葉室氏は「武士たちは所領を守るために戦うが、わしは、美しきものを守るために戦うのだ」と呟かせている。打ち破った刀伊軍を追捕しなかったことなど心に残る。それにしても、国会の会期末をひかえて政府与党の強引さが目に余る。

六月十三日㈫

雨多き日向は靈の多き国さみだれの田にさやぎたまふも

梅雨らしい天気になってきた。当分は雨の多い毎日である。農家にとってはこの時期の雨は大切だ。「あめかんむり」に雲や雷の字があることは当然だが、「霊」の字があることが以前ふしぎだった。漢和辞典を引くと、きちんと説明が出ていた。雨は農業に最も大切な恵みなので、神力の意を雨と多くの口とで表したと（霊の正字は靈）。

六月十四日(水)

「印象に残る安打は」「自分にはどれも必要な一本だった」

宮崎県民が喜んでいる。日向市出身でアストロズの青木宣親選手が、日米通算二千本安打を打った。一昨日のことだ。イチロー、松井秀喜などに続いて日本人選手七人目という。日向高校から早稲田に進み、ヤクルトに入団、首位打者も三度の活躍。宮崎日日新聞は号外を出した。インタビューの答えがさすがと思った。

六月十五日（木）

散文を書きゐて改行おこなふは水面より鳥飛ばすに似るか

今、私にとっては長い評論を書いている。四百字詰めで六十枚はこえるだろうか。このごろは十枚とか二十枚ぐらいしか書いていなかったので苦労している。首尾一貫したものになっているかなど。でも、一行一行がやはり難しい。昨日の青木選手の言い方を借りれば、「どれも必要な」大切な一行なのだ。

六月十六日㈮

海の辺の無人駅つぎつぎ過ぎ
ぬ潮のひかりを追ひ走らせて

このごろは日豊本線を利用して県北に行くことが多い。汽車（電車と言わず思わずこう言ってしまう）に乗るのは好きだ。「本線」といいながら単線である。九州新幹線は博多・鹿児島間の話。こちら九州の東側は急行であっても車内販売もない。弁当などは前もって買っておかないといけない。まもなくワンマンカーになるそうだ。

六月十七日(土)

世間まだ価値を見いだすなき
山を先んじ評価せし牧水よ

ユネスコエコパークに宮崎・大分の「祖母・傾・大崩」地域と群馬・新潟の「みなかみ」地域が決まった。前者は照葉樹林と貴重な動植物、後者は利根川の最上流域で独特の生態系で知られる。そして、前者は牧水が延岡中学時代に親しみ憧れた山地であり、後者は牧水が大正時代半ば以降に好んで旅した名湯も多い土地である。つまり、今回のユネスコエコパークに決まった場所はいずれも牧水ゆかりのところなのだ。

六月十八日（日）

ともし妻あればともし鳥またあるを木の下陰にひそみくぐめり

「短歌」六月号は窪田空穂特集である。そのなかの座談会で馬場あき子さんが空穂の第一歌集の「来ては倚る若葉の蔭や鳥啼きて鳥啼きやみてに静寂《しじま》にかへる」の歌を引いて、題が「椎がもと」の一連にあり、この歌は宇治十帖「椎が本」の「立ち寄らむ陰とたのみし椎が本むなしき床になりにけるかな」の答歌の味があると言っておられるのが面白く、歌の読みを教えられた。単なる夏の季節の歌ではないのだ。

六月十九日（月）

夏つばき一日を終へ地の上
にわれに伝言あるごと白し

玄関近くに植えてある夏椿がこのところ毎日いくつも花を咲かせる。夏椿は別名シャラノキである。白色の五弁花は清らかで美しい。一日花なので夕方には庭土の上に、あるいは通り径に落ちてそのまま開いている。

六月二十日㈫

手紙にはメールには命感じても命感じないとこの若き言ふ

宮崎「心の花」歌会は、宮崎大学の学生をはじめ若い人が参加して活気を与えてくれている。私はほかに若い人だけの歌会「歌工房とくとく」も主催しており、若い人と話す機会が少なくない。そして、話してみると、いろいろ教えられて楽しい。近く彼らと一つ二つイベントもやる。

六月二十一日(水)

夏至の日の雨の夜を来て「聴く」ことを学ばむとせる老若男女

「NPO法人チャイルドラインみやざき」の顧問になって二十年ぐらいだろうか。チャイルドラインとは言うまでもなく子どもからの電話相談を無料で行うボランティア活動。その電話の受け手の養成講座を毎年行っており、今日は今年の第三回の講座だ。熱心な人たちが十数名あつまる。電話相談は面会相談より難しい面があるので皆さん真剣である。

六月二十二日（木）

正面の姿すこしも損なはず斜交から子が見たる邦雄は

塚本青史さんの新刊の『肯てはるかなれ』を読んでいる。「斜交から見える父」のサブタイトルからわかるように父親の塚本邦雄を語った本である。青史さんにはすでに『わが父塚本邦雄』がある。塚本邦雄は私の最も尊敬する歌人だった。それはあくまで作品と評論の世界を通じてであり、私生活は知らなかったし、むしろ知りたくなかったかもしれない。しかし、青史さんの本で家庭の塚本邦雄の姿を教えられても作品の魅力は少しも減じない。いや、かえって増す。このたびの新刊の発行日は命日の六月九日である。

六月二十三日㈮

びつしりと実のつまりたる丹精のスイートコーン甘きを噛めり

宮崎県は全国でも有数のスイートコーンの早出し産地で、県内全域で栽培されている。県南の串間市の教え子から美味しいスイートコーンが当日便で届いた。スイートコーンは、日が昇り気温が上がると実の糖度が下がるので、夜中から明け方にかけて収穫するのだ。その教え子は私が二十代で教えた生徒で、農業を営む夫を手伝いながら短歌作りに熱心に励んでいる。

六月二十四日（土）

雨うくる庭に咲き満つあぢさゐ
のそれぞれに人の名をつけ遊ぶ

今週に入りさすがに雨の日が多くなった。農家の人も安心したところである。庭の植物たちも喜んでいるにちがいない。六月といえば紫陽花を思い浮かべる人が多いと思う。わが家も紫陽花は幾種類か植えてある。藍色もいい。真っ白もいい。

六月二十五日(日)

俵万智色のみやざき新しきみ
やざきにして古きみやざき

俵万智さんが『サラダ記念日』を出版して今年で三十年である。その俵さんは去年の四月から宮崎に移り住んでいる。宮崎日日新聞に毎月一回発表しているエッセイ「海のあお通信」を県民はとても楽しみにしている。宮崎県民が「宮崎」を教えられると言って。今日は宮日会館で『サラダ記念日』三十年と「海のあお通信」一年を記念してのイベントだ。俵さんとトークを行うことになっている。

六月二十六日(月)

濡れ始めいかなるものものひそやかに口づけうくるごとくひそけし

梅雨どきなので、さすがに雨の日や曇りの日が多い。「短歌」六月号の西村和子さんとの対談では作品の題は「雨」だった。私は牧水が雨男だという歌も詠んだ。「通り雨葉かげにそそぎ朝風のさやぎもつるる窓辺より見ゆ」(『さびしき樹木』)は牧水の雨の歌の中でも好きな一首だ。

六月二十七日㈫

人言へる声の大きさ酒の強さ九州男児か肝《きも》小さけれど

東京の学生時代、出身を聞かれて宮崎だというと、九州男児だなとよく言われた。九州といっても七県さまざまで、とくに私の宮崎県は他の九州各県と違うと言われてきた。県民性を記した本を何冊も持っているが、どの本もそう書いてある。ちなみに私の父は熊本県、母は宮崎県の出身である。

六月二十八日(水)

亡き人を想ひ詩集を読みゐたり静岡県の上空か今

出版されたばかりの講談社文芸文庫の大岡信著『現代詩試論　詩人の設計図』に目を通している。解説で三浦雅士氏が、大岡氏が「亡くなったその日、夜七時のＮＨＫニュースの冒頭で、死が報じられた」ことを記し、「小林秀雄が亡くなったときでさえトップ・ニュースではなかった」ということから書き出しているのが興味深かった。今日は明治大学アカデミーホールで「大岡さんを送る会」である。

六月二十九日（木）

早稲田より都電に乗りてしげしげと通ひし神田けふ銀の雨

学生時代によく神田の書店街に行った。東京の人の幸せを思った。「心の花」の先輩歌人の築地正子さんの文章「幼時、東京は神田一ツ橋の傍の父の官舎に住んでゐた。もの心ついた頃には、家族に連れられて、神田神保町界隈の古書店街で、本探しする味を覚えた」を後年読んで、うらやましかった。与謝野晶子訳の『源氏物語』を彼女が楽しんだのはまだ小学生だったという。

六月三十日㈮

喧噪の東京を去り花綵《はなづな》の秋の京都にまぎれてをりき

今日は新幹線で東京から京都へ。新幹線が開通したのは東京オリンピックの開かれた昭和三十九年だった。というよりオリンピックに間に合わせたものだった。早稲田はフェンシングの会場になり、大学の授業はしばらく休みになった（そのぶん冬休みが短くなったが）。私は京都の友人宅にころがりこむことにした。

七月

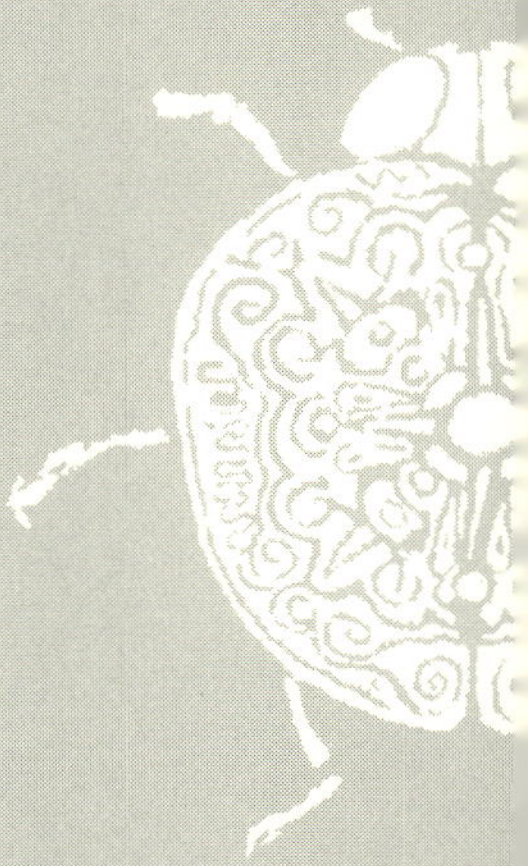

七月一日(土)

後瀬の山あることあはれ悲運なる恋に生きにし登美子の小浜

小浜市で「与謝野晶子短歌文学賞・山川登美子記念短歌大会」。午後の開会の始まりに「平成の歌衣~晶子・登美子・鉄幹」のテーマで篠弘、安田純生、今野寿美三氏による鼎談があり、私が進行をすることになっている。最高のメンバーでの鼎談、楽しみである。小浜市は登美子の故郷。私は前に一度来たことがある。後瀬の山は歌枕として有名だ。

七月二日(日)

生涯にわたり牧水慕ひける竹中皆二の若狭の海よ

宮崎県立図書館は最近、牧水の「創作」九百冊近くの寄贈をうけた。有り難いことだった。大正半ば以降の「創作」である。寄贈してくださったのは愛知県の竹中敬一氏である。竹中氏の父親は牧水の高弟の故竹中皆二。敬一氏は「尊敬していた牧水先生の故郷で活用してもらえれば父も本望だと思う」と言ってくださった。その竹中皆二、敬一氏のふるさとはいま私が訪れている小浜である。

七月三日(月)

みづからの歌書かれたる扇もてあふぐ「微恙にて人は死なむか」

さすがに暑い毎日となった。外出のときは扇を欠かせなくなった。今年は「父の日」に千葉県にいる娘から扇のプレゼントをうけた。早速つかっている。他にも扇をもっているが、ある人が私の歌を書いたものをくださったことがある。その人はなにゆえにこの歌を選んだのか。

七月四日（火）

「もう一度子どもを産んで育てたい」すでに三人の子をもつ母が

佐々木正美氏が亡くなったのを新聞の訃報欄で知った。氏は児童精神科医で、とりわけ『子どもへのまなざし』（福音館書店）の著者として知られる。乳幼児期の子育てのバイブルと言っていい本である。スクールカウンセラーをしているときの教育講演会ではいつも紹介した。知り合いの若い人が親になると、よくこの本をプレゼントした。私が著者のごとく感謝された。時には残念がられたりもした。

七月五日（水）

桜湯のごとき老いなれ百一歳
に世去りし母を胸に語らむ

九州沖縄の医療生協で働く職員五百余名の宮崎市での研修大会。「老いてこそ人生」と題して講演。高齢になるまで生きることができた人生は幸福といえる。ただ一方で高齢者は身体的・心理的に苦しみや悩みが多い。高齢者にどう自己表現の機会をつくるか、そして表現された深い心をいかに受容するか、そんなテーマで話す予定である。『老いて歌おう』の作も引きたい。

七月六日（木）

「佐土原なす」いかに料理され出てくるか長女の夫の作れる野菜

七月六日といえば「『この味がいいね』と君が言ったから七月六日はサラダ記念日」。そして今年は『サラダ記念日』出版から三十年。宮崎市に移り住んでいる俵万智さんをお祝いしようと「宮崎放送」が企画して今夜はレストラン「レ・ミューズ」で「宮崎野菜でサラダ記念日」の集い。どんな宮崎野菜がどんなレシピで出てくるか。じつは私の長女の夫が宮崎の伝統野菜「佐土原なす」を作っている。

七月七日(金)

語り部は世に多けれど中天の
月ほどこころにくきはあらず

今日は旧暦閏の五月十五日。このところ雨や曇りの日も多いが、雲のない日の夜の月は美しい。私は月をよく眺めて歌にする。栗木京子さんに光栄にも「月語の人」と言われたことがある(『名歌集探訪――時代を啓く一冊』)。たしかに『月語抄』や『月の夜声』といったネーミングの歌集も出している。夜空の月を仰いでいると、言葉が聞こえてくる気がするのだ。

七月八日（土）

雲が雲つかめるごとき坪谷なりどの雲にゐる繁少年は

九州北部の雨の被害が深刻である。日豊本線も遅れが報じられていた。明日の講演のため来宮の、源氏物語研究者で文芸評論家また歌人の島内景二氏を日向市駅でお迎えすることになっている。時間通り電車が着くことを願っている。そのあと牧水の故郷の坪谷へ向かう予定である。雨や曇りの坪谷は晴れの日よりもすばらしい。牧水は少年時代から雨や雲を愛した。

七月九日（日）

恐ろしくて泣きにけるとふ少年に鵜戸のお宮は正身《むざね》を見せむ

今日は宮崎県立図書館で島内景二氏の講演会である。演題は「『源氏物語』を読んで日本文化を変えよう」。定員をこえて多数の申し込みがあった。皆さん、楽しみに待っている。講演終了後は島内氏を鵜戸神宮に案内する予定だ。じつは一昨年つくった『みやざき百人一首』で島内氏には鵜戸神宮の歌をお願いした。そうしたら九歳のときに母親と訪れたことがあるという思いがけない話だった。「朝ごとに鱗の手紙『な忘れそ海から生れしことを　母より』」。

七月十日（月）

牧水のあくがれの心プラトンのイデアへの愛エロスに通ず

日向市東郷町で作られている焼酎に「あくがれ」がある。牧水の故郷に蒸留所があるべきだという黒木繁人社長の考えに大いに賛同し、名前を相談されて私は迷わず「あくがれ」を提案した。十三年前のことである。今日は宮崎市で年に一回の「あくがれを愛する会」。冒頭で「あくがれ」の語について講話を行い、あとは皆で焼酎「あくがれ」の飲み会。

七月十一日㈫

うるはしき海と山とあり着馴れてはいけないものぞ風土の衣は

今月末は秋田市で「心の花」全国大会である。今から楽しみだ。今年は講演もすることになっている。題は「風土と短歌」。どんな歌を取りあげてどんなテーマで話すかおりおりに考えつつ、まずは自分自身のことに思いをめぐらす。自分はなぜ大学卒業後すぐに帰郷したのか、それは宮崎の風土に捨てがたい魅力があったからなのか。実際に故郷で生活を始めてみてどうだったか。

七月十二日(水)

山深く逃るるところあまたある日向の国ぞ君も逃げ来よ

関東の人にとっては宮崎は遠い。五十代、六十代になって初めて宮崎を訪れるという人は少なくない。奈良や京都が都の時代、日向の国は地の果てに近い印象だったのではないか。そのぶん逃亡の地としてはよかったようだ。日向の国に逃れてきた人、落ち延びてきた人はあまたいる。民謡「ひえつき節」にもうたわれた椎葉村の平家落人伝説はよく知られている。

七月十三日（木）

天空ゆ降りてくるなり父《ちち》母《はは》に
つきそはれ月の光の子らが

今日は「出前短歌教室」のボランティアで小林市野尻町の押川病院のデイケア「やわらぎ」へ。いつも三十人ぐらい参加の熱心な短歌教室である。病院の院長や介護スタッフの努力と援助のおかげである。歌会では出詠した高齢者に自作をまず読んでもらい、歌のできたきっかけなどを話してもらう。自分の親、また子どもや孫など家族の登場する歌が多い。

七月十四日㈮

中央の「大和」にあらぬ矢的なり月の光の矢をうけてゐる

私の家から歩いて数分のところに小さな矢的原《やまとばる》神社がある。ヒコホホデミノミコトが高千穂峯から矢を放って落ちた場所だということに由来する。つまり、矢の的になったというわけだ。でも、なぜこの場所が矢の的になったかはわからない。それだけよい場所なのだと勝手に思いこんでいる。昨日梅雨が明けた。夜の月も美しい。今日は旧暦五月二十一日の月。

七月十五日㈯

しろがねのフォークに突き刺され
ゆくケーキの心こよひは聴かな

名古屋市の歌人の野口あや子さんから友人と九州を旅する途中で宮崎に立ち寄りたいと連絡をもらったのは五月だったろうか。せっかく宮崎に来るのであれば、彼女が日ごろおこなっている短歌朗読会を宮崎でもひらこうということになり、「歌工房とくとく」の主催で今夜実施。野口さんの作品は第一歌集以来ずっと注目して読んでいる。同年代の歌人にないシャープさは一貫して変わらない。

七月十六日（日）

一切を委ねたきわれを拒むなり梅雨明けの空の真青の光

梅雨明けの空の青が輝いている。以前に「致死量の日向《ひうが》の空の青にまだ殺されずわれ生きてゐるなり」と歌ったことがある（『待ち時間』）。時には殺されてしまうような一面のすごい青だ。その意味ではおそろしい青だ。一方で何もかも受け入れてくれるような心広い青にもふと思えることがある。

七月十七日(月)

初めての海は青島の海なりき太平洋の海いろ知りき

今日は「海の日」。山間の村に育った牧水が初めて海を見たのは七歳か八歳の時だった。海岸からそう遠くない市街地に育った私が海を見たのもやはりそんな年齢のような気がする。両親が商売で忙しかった。牧水は耳川を下って海に出会った。私は青島の海だった。当時、南宮崎駅から内海駅まで走っていた軽便鉄道に乗って行った。小さな蒸気機関車とマッチ箱のような客車がなつかしい。

七月十八日（火）

竜飛崎に友の吟ずる「幾山河」身にしみしとふ太宰治よ

安部龍太郎著『等伯』は直木賞受賞時に読んで忘れられない一冊だ。このたび文庫本であらためて読んだ。そして、文庫本の島内景二氏の渾身の解説に感銘した。その解説のなかで、若き安部龍太郎氏の小説の主人公が太宰治の『津軽』を愛し津軽の竜飛崎《たっぴざき》を訪れた話がでてくる。太宰治が「本州の局地」「本州の袋小路」と書いているところだ。その竜飛崎の宿で太宰治は「幾山河」の朗詠を聞いているのだ。私には『津軽』の忘れられない一場面である。

七月十九日(水)

目次には五人の筆者の名のあれどいづれも佐藤通雅氏の名

「路上」一三八号を読んだ。この雑誌は仙台市の佐藤通雅氏の個人誌である。佐藤氏は私とほぼ同年で、大学卒業後に高校教師となり、学校では教育相談を担当したことなどは共通とはいえ、彼の幅広い執筆その他の活動の質と量は私など比べものにならない。近刊の『宮柊二「山西省」論』もまことに力作だ。一三八号も読み応えのある七十八ページである。

七月二十日(木)

雪景色の八幡平の絵葉書
を出しぬ冷房使はぬ君に

福岡県豊前市に、さまざまの文化活動やボランティア活動に活躍している彩音まさきさんという女性がいる。自宅でエアコンを使わぬナチュラリストらしく、この猛暑の日々、家の中では「ゆでタマゴ」になっているという手紙を、依頼している原稿とともに頂戴した。豪雨のため朝倉ほかで被災している人びとのことを思えば何のそのとも書いてあった。せめてと思い――。

七月二十一日(金)

小説のタイトルは五七五なり下の句は読む者がつけよと

日向市で始めた「牧水・短歌甲子園」が今年で七回目を迎えた。全国から五十チーム以上の応募があり、審査委員長の私が十二チームを作品審査によって選んだ。大会は八月十八日から二日間である。昨年の大会には「短歌甲子園」を題材に小説をすでに二作書いている村上しいこさんが取材に訪れた。その取材をもとにした村上さんの新作小説『青春は燃えるゴミではありません』(講談社)が出版された。一気に読んだ。今の高校生のさわやかで生き生きとした姿が魅力的だ。かれらの短歌作品もいい。

七月二十二日㈯

むらさきを母は好みしが父好みし色は何いろか聞かず知らざる

昨日二十一日は母の、今日二十二日は父の祥月命日である。妻がいつもお供えをしており、昨日から大きい桃と生洋菓子がお供えしてある。父は何でも美味しいと言って食べた。というより好みを言わなかった。いや、食べ物だけでなく、身につける物も、接している人物についても、好き嫌いをほとんど話すことはなかった。その点、母は好き嫌いがはっきりしていた。特に若いときは。

七月二十三日(日)

会ひたいと思つてゐるから偶然に会ふ確率の高き玲子さん

今日は東諸県郡国富町で第三十回の「ふれあい短歌大会」。午前中の分科会のあと、午後からは大口玲子さんと私の「短歌のよろこび」という対談である。サブタイトルが「伊藤一彦に聞く」となっているので、大口さんが短歌その他についていろいろ質問するらしい。彼女が仙台から宮崎に移り住んで六年だ。自分の信じる道をまっすぐに進んでいる。宮崎市内での彼女の移動手段は自転車だ。

七月二十四日(月)

晩年はよく呟きしといふ「死ぬ日が来たらこんな楽なことはない」

午前中の便で宮崎から大阪へ。午後から堺市で与謝野晶子についての講演と短歌のワークショップ。会場は堺市のカステラ「黄金の哲学」で有名な江久庵。去年十一月はこの江久庵で晶子のファンという知花くららさんと楽しい対談をした。晶子の魅力はどれだけ語っても語り尽くせない。そして、華やかに見えるその生涯はじつは苦労の連続だった。長男与謝野光の『晶子と寛の思い出』は等身大の両親を語って貴重な一冊である。

七月二十五日(火)

花すべて樹の精なるか高き枝
の花ほど風に揺れゐる木槿

庭に木槿の花が咲き続けている。もっとも一日花なので、咲き変わっているのである。紫色の花は涼しげだ。木槿と言えば芭蕉の「道のべの木槿は馬にくはれけり」をすぐ思い浮かべる。馬はいったいどんな味だったろう、というのは素人のつまらぬ呟き。昨年読んだ松浦寿輝氏の鑑賞文が面白かった。「無常観も何もあらばこそ、日が暮れておのずと萎んでゆくのを待つまでもなく、花はいきなり動物の口の中に消え、後にはただもぐもぐとそれを食《は》む馬の泰然自若とした間抜け面が残っているばかり」（河出書房新社版『日本文学全集』第12巻「芭蕉百句」）。

七月二十六日㈬

牧水の何を語らむ希望なく
博多訪れしこころにもふれむ

今日は博多のアクロス福岡で「九州市民大学」の講演。演題は「なぜ、いま、牧水か」。没後一世紀近く過ぎても、牧水は忘れられるどころか、より多くの人の心をとらえている。そのわけを語りたい。なお、牧水は大正二年冬に帰郷中の坪谷から博多を訪れている。「博多なる冬の黒さよ、我が瞳、水の暗さよ、灯《ひ》のつめたさよ」(『みなかみ』)。帰省中の破調歌が不評で牧水は打ちのめされていた。

七月二十七日（木）

花咲けば養分すべて使ひ果たし枯るる竜舌蘭のロゼット

日南海岸を行くと、フェニックスがまず目に入る。今は浜木綿の白い花もあちこちに咲いている。そして、竜舌蘭の花も時に見かける。竜の舌のような厚い多肉質の葉群の中心から高く伸びた花茎の先の淡黄色がそれである。めったに花を咲かせず六十年に一度などと地元では言っている。

七月二十八日㈮

本田氏のサングワヅジフイヂニヂの発音をしつかり聴きて胸にをさめむ

秋田の「心の花」全国大会で「風土と短歌」と題して講演の予定。東北といえば斎藤茂吉。茂吉の風土に触れてみたい。また岩手の石川啄木と宮崎の若山牧水は同年でよき友人同士。二人の故郷における風土の違いも興味深い。「心の花」会員で東北在住の加賀谷実、佐々木寛子、駒田晶子、本田一弘の諸氏の「風土」を感じさせる作品も取りあげたいと思っている。もちろん、秋田や福島の人たちと親しく語りあえるのが楽しみである。

七月二十九日(土)

純朴で気前がよくて遊びずき酒は豪快秋田の男

「心の花」の全国大会に出席するため秋田へ。宮崎空港から羽田で乗り継いで秋田空港へ。直行便はない。東北地方で私が最もよく訪れているのは秋田だろう。去年の九月は「日本ほろよい学会」で訪れた。しかし、一番の理由は加賀谷実というこれぞ秋田男という得難い友がいることである。もう十年以上前になるか、秋田県短歌大会で彼の歌を見事と思い特選に選んだのが付き合いのきっかけだった。

七月三十日(日)

加賀谷氏の話すガギグゲゴ 温かく人なつつこくて奥深きなり

「心の花」大会二日目。午前中は全体歌会と表彰式。大会終了後に、希望者はオプショナルツアーで、新潮社記念文学館などを見学し、角館温泉の宿へ。角館伝承館は特別展「角館のお祭り展」。ユネスコ無形文化遺産に登録された記念展という。いたるところで秋田弁を耳にできるのがうれしい。

七月三十一日(月)

居眠りをすぐ始めたるがそれもよし『こころ』読みゐし痩身の子よ

秋田空港を発ち、羽田空港へ。宮崎行きに乗り換えるため羽田でしばらく待ち時間。搭乗を待って椅子に座っている人はスマホの人が断然多い。ところが、私のすぐ近くの男子高校生はバッグから文庫本を取り出して読み始めた。漱石の『こころ』だ。いい光景だと思ってさりげなく様子をながめていた。

八月

八月一日㈫

からすらに土産は要らず庭のブルーベリーしつかり食べてをりけり

久しぶりに自宅で過ごす。相変わらず暑い毎日である。雨が降らないので庭の植物たちもたいへんだと思う。ふと目をやると、ブルーベリーの実があらかたない。妻の話によると、鴉たちが食したらしい。

八月二日(水)

親愛の情をあらはす接尾語の「こ」のあたたかさ土のにほひす

秋田での「心の花」全国大会の余韻がまだあって、いろいろ思い出される。秋田弁をいっぱい聞いた。角館から秋田空港までのタクシーの、運転手さんの秋田弁がまたよかった。秋田人の人柄をうれしそうに語ってくれて「わらしこ」「人っこ」の語が耳に快く入ってきた。

秋田の佐々木寛子さんの歌に「初市に買いたる新車しろがねのトッポめんこいわたしの馬こ」がある。

八月三日㈭

東京でもどこでも今はありのまま『ガ・ギ・グ・ゲ・ゴ』話し人引きつける

昨日に続いて秋田の言葉の話。大会の講演で私は加賀谷実さんの「秋田まで九時間余りの帰省列車浦和過ぎれば皆『ガ・ギ・グ・ゲ・ゴ』」の歌を紹介した。加賀谷さんの東京の学生時代の歌だろう。浦和までは故郷の言葉を話さずにいるのだ。そして浦和を過ぎたあたりから皆がのびのびと故郷の言葉で語り始めるという。結句が端的で深く印象に残る歌である。

八月四日（金）

ありふれた場面を歌ひ読む者にいかに「待つた」をかけるかが勝負

引き続き秋田の全国大会の話。二日目は全体歌会で佐佐木幸綱さんと私が総評を行ったのだが、そのなかで私が個人的に感激したことがあった。それは「心の花」に五十年近く前に私が書いた評論の一節を幸綱さんが突然引用して紹介したことである。会場の会員も驚いたようで、私も驚きそして感激した。写真家の高梨豊氏の言葉を引用しての拙論だった。

八月五日（土）

成虫は今こそ啼け啼け土中長きいのちぞ嘉し蟬殻に触る

庭のあちこちに蟬の抜け殻がある。子どもが小さいころは家のなかにもよく転がっていた。蟬の抜け殻の句と言えば大木あまり氏の「握りつぶすならその蟬殻を下さい」（『星涼』）が印象に残っている。彼女らしい優しさにあふれている句である。台風の近づいている庭で蟬たちが今日も朝から啼きしきっている。

八月六日(日)

絣着て草鞋脚絆に旅をする恋のとりこの幾山河よ

今日は岡山県の哲西町へ。若山牧水が「幾山河越えさり行かば寂しさの終《は》てなむ国ぞ今日《けふ》も旅ゆく」をうたったとされる町である。博多駅から新幹線で岡山に行き、岡山から伯備線で新見まで。そして、新見駅から車で三十分あまり行くと哲西町だ。町は牧水顕彰に積極的で、当時牧水が泊まった宿も復元している。早稲田四年の牧水が恋心を秘めてこの地を訪れたのは今からちょうど百十年前の明治四十年夏である。

八月七日(月)

一日を終へし芙蓉の花びらも
比喩となりたる蟬もうれしや

栗木京子さんの昨年の短歌日記『南の窓から』が届いた。署名も装幀も、そして本文の歌の組み方もしゃれていてうつくしい。三百六十六日分を一気に読んでしまい、そのあとまたあちこちのページを開いている。八月四日は「白き蟬散らばるごとし咲き終へし芙蓉は朝の土に静もる」の歌である。栗木さんは比喩の名手。その比喩は生と死を荘厳するためのもののようだ。

八月八日(火)

当人は迷走などと思はねば楽しからむか好き勝手して

台風五号は各地に被害をもたらした。とくに九州北部豪雨の被災地の人びとは大変だったし、その大変さは続いている。この台風は七月二十一日に発生しているので「長寿台風」とも言われ、その進路の取り方はまさに「迷走」台風。今の時代を象徴するような台風だ。半年が過ぎたアメリカのトランプ大統領をはじめとして「迷走」のシンボルに事欠かない。五号は東日本に向かっている。

八月九日（水）

調和ある微笑なりにき字余りも
語割れも句またがりも秘めつつ

長崎原爆の日。亡き竹山広氏の歌と人を思う。島内景二氏が「場」に連載している竹山広論は力作である。これまで誰も指摘したことのない作品論だ。戦後日本に対する竹山広の怒りを当然として評価しつつ、しかし「生の怒りは、定型に収まらない」「ここに、竹山短歌の『字余り』と『語割れ・句またがり』の必然性があった」と述べる。生前の竹山氏は含羞を含んだ温和な微笑をたやさない人だった。

八月十日㈭

聴力の検査うけつつ潮力も
感じてゐるか幽けき音に

栗木京子さんの『南の窓から』の一月七日の詞書きに「私の弱点は耳である。疲れると耳鳴りがして、低音が難聴気味に。そのたびに耳鼻科に通うことになる」とある。じつは私も弱点は耳で、疲れると耳閉感や難聴の症状が出てきて、かかりつけの耳鼻科に診てもらうことになる。栗木さんのその日の歌は「冬の日の聴力検査　海に降る白ききらめき身に感じつつ」。

八月十一日㈮

生前は力なけれど生首となりて実朝ひとぞよめかす

今月七日が立秋だった。連日三十度を超えているが、暦の上では秋である。秋の花といえば萩の花。そして、萩の歌といえば私には源実朝の「萩の花くれぐれまでもありつるが月いでて見るになきがはかなさ」（『金槐集』）が思い浮かぶ。実朝の人生を考えるといくらでも深読みできる歌だ。葉室麟氏の『実朝の首』は忘れがたい小説である。実朝はすべてを見通していて自ら死地へと向かったのだったか。

八月十二日（土）

教育と脅迫わづか一音のちがひと語る信念の風

三月まで県立延岡高校の校長だった段正一郎さんが『いいよ、先生。子どもたちが輝き出したよ』と『校長先生の話って退屈なものですか？』の二冊を出した。前者は教職員への通信、後者は学校での式辞や挨拶を収め、ともに学校に新しい風を吹かせたい意図による四年間の執筆、講話をまとめたもの。快著である。「週刊読書人」（8月4日号）の「出版メモ」で地方出版（鉱脈社）としてはめずらしく本の写真入りで紹介された。段さんは演劇のプロでもある。広く薦めたい一冊だ。

八月十三日（日）

「死んでからお菓子供へて、いや死んでからは意味ない」と言ひゐたる母

盂蘭盆である。昨年は母の初盆だった。母が百一歳で世を去って一年半あまりになる。今でも母の思い出を語って下さる人が多くいるのが嬉しいし有り難い。それだけ印象に残る母だったようだ。最晩年は甘い物を我慢しなければならないのが悩みだった。千葉から帰ってきた三女と今日はお墓参り。その娘はおりあるごとに「自分はばあちゃんに似ている」という。おしゃべりで、人を喜ばすことが好きなところだとか。

八月十四日（月）

他の入居者「希望」や「光」わが母は「まこち、のさん」と堂々書けり

母は最晩年は小規模多機能ホーム「みんなの家」に本人希望で入居していた。私の家から自転車で五分くらいの、すぐ近くだった。入居者は十数名だったろうか。スタッフの皆さんがよかった。週に二回ぐらいは母のところに出かけた。あるとき出かけたら入居者の習字の作品が掲示してあった。一人だけ他の人と違う文字を書いていた。母だった。思わず笑った。宮崎弁で「まこち」は本当にの意、「のさん」は辛いの意。

八月十五日(火)

わが父は「のさん」などとは生涯に一度も言わぬ肥後モッコスなりき

熊本県宇土出身の父は薬屋を開くために宮崎に移り住んだ。そして、念願通り宮崎市橘通りで店をもった。働き者の父だった。これといった趣味は特にもたなかった。元日以外は店を開けて年中休みなしで、いつも微笑をたやすことなく働いていた。田舎の薬屋で終わるつもりもないように見えたが、本当の願いは何だったのだろうか。

八月十六日(水)

精霊舟送らむとして老若のつどふ大淀川の岸の辺

お盆も昨日で終わった。私が高校生のころぐらいまでは、お盆の最後の日は午前零時をすぎて家族みんなで精霊舟を流しに行くのが習わしだった。夜中なのに多くの人がぞろぞろ歩いていた。精霊舟を流しに行く人、流し終わって還る人。家から橘橋まで歩いて我が家は数分だった。橋の名はイザナギノミコトが「筑紫の日向の橘の小戸の阿波岐原」でミソギをしたという『古事記』の記述による。

八月十七日(木)

「避難民」のひとりひとりの表情と心根ゑぐるぬばたまの黒

安井雄一郎著『香月泰男　凍土の断層―「シベリア・シリーズ」を読み解く』（東京美術）を読んでいる。山口県立美術館に没後三十年記念の香月泰男展を見に行ったのは十年ぐらい前だろうか。シベリア・シリーズの実物を見たくて出かけたのである。そのシベリア・シリーズの絵を長年の研究の成果を生かして渾身の力で読み解いたのがこのたびの安井氏の本である。敗戦の日に香月が奉天近くで目にした日本人難民の絵を今見ている。

八月十八日(金)

三隅という地方に生きし香月なり安井君もまた木城に暮らす

『香月泰男』の新刊を出した安井雄一郎は、じつは私が初めて教師になった宮崎県立高鍋高校で最初に教えた生徒である。九州大学美学美術史科博士課程を終えた後、山口県立美術館で副館長などを務めた。その間、香月研究を精力的におこなった。その安井君はいま故郷の児湯郡木城町椎木に暮らしている。香月泰男も生涯を郷里の山口県の海沿いの町で過した人だった。

八月十九日(土)

言尽くしきらきらと君たたかへよ
題は「海」「恋」そして「屋上」

今日から日向市で第七回「牧水・短歌甲子園」である。今年度、全国の高校から五十一チームの応募があり、作品予選を突破した十二チームが出場である。北の盛岡から南の宮崎までの強豪チームだ。審査委員は俵万智・大口玲子・笹公人、それに私。題にしたがって詠まれた歌をお互いに発表して始まる。その作品をめぐっての白熱した討論が今年もたのしみである。

八月二十日(日)

準決勝の「矢」の題に原発の「避難経路の矢印」の歌

昨夜は昼間の試合が終わった後、生徒たちの交流会だった。各チームとも用意してきた工夫のある出し物を披露して、昼間同様に盛り上がっていた。さすが予選を突破したチームの高校生たちで、良き交流が進んでいた。今日は昨日の一次リーグで勝ち残った四チームによる準決勝と決勝戦だ。「牧水・短歌甲子園」のハイライトである。

八月二十一日(月)

うるはしさかぎりなしとぞ友人ら言ひにし声を聞くすべのなき

「牧水・短歌甲子園」の余韻さめやらぬ今日である。生徒たちの自作の朗読のそれぞれの声が耳に残っている。短歌はもともと声に出して歌うものだった。牧水は自分の歌を詠みながら声に出したのはもちろん、投稿者の選歌をしながらその歌を朗読していた。では、牧水はどんな声で、どんなふうに朗読や朗唱をおこなっていたか。残念ながら録音が残っていない。『現代短歌朗読集成』に晶子・茂吉・白秋などの朗読は収録されているけれども。

八月二十二日(火)

知らぬ間に庭の暗き辺に出でて咲き知らぬ間に消ゆ狐の剃刀

キツネノカミソリと聞いたとき、人はどんなイメージをもつだろうか。もちろん、植物である。キツネのでるような薄暗いところにオレンジ色の花を咲かせ、葉はカミソリに似ている。ヒガンバナ科だ。わが家の庭の何か所かに不意に花を咲かせる。前登志夫作に「石仏に似し母をすてて何なさむ道せまく繁る狐の剃刀」(『子午線の繭』)がある。結句の「狐の剃刀」が深々と印象に残る。

八月二十三日(水)

生《いき》づらは生きいきした顔 生《なま》づらは憎らしい顔 日向弁では

若い人は昔の方言をあまり知らない。高齢者はしぜんに方言をつかっていて面白く楽しい。先日、ある高齢者の女性の口から「なまづらにきっちゃが」の日向弁を聞いてなつかしかった。私が小さい頃によく聞いた言葉だった。「なま」は「なまいき」とか「なまくら」とかいい意味ではなさそうだ。だが、「なまざけ」のように例外はある。この「なま」は違う意味の「なま」か。

八月二十四日（木）

陰膳を据ゑて百三十二杯注ぎてやらむ「神露」の酒を

今日は若山牧水の誕生日である。牧水は明治十八年八月二十四日に宮崎県東郷町の坪谷に生まれた。生きていたら百三十二歳。「おもひでの記」に、母親や姉たちから後になって聞いた生誕の日の様子を詳しく書いている。母親が急に産気づいて縁側でことんと音をさせて生まれたとか。それから四十三年の生涯だった。酒をいのちの水として愛したことはよく知られている。晩年は岡山の酒「神露」を愛した。

八月二十五日㈮

人つなぐはずの言葉が人と人分断「ポスト真実」の今

「ポスト真実」という、考えてみれば不思議な言葉を今よく目にするし、また耳にする。この言葉の背景と「真実」を知りたくて津田大介・日比嘉高両氏の『「ポスト真実」の時代』（祥伝社）をいま読んでいる。「ポスト真実」の社会を構成する要素は「ソーシャルメディアの影響」「事実の軽視」「感情の優越」「分断の感覚」だそうだ。今日は「西日本国語問題研究協議会」で講演。やはり言葉に関わる講演だ。

八月二十六日（土）

ファンタジーや漫画を書きてゐし子らの今いかにをらむこの世あの世に

昨日に続いての宮崎市での講演で、今日は「日本思春期学会総会・学術集会」。演題は「いのちをみつめる――人のいのちのはじまり」。神話や昔話の「いのち」観にもふれながら話してみたいが、河合隼雄著『昔話の深層』を読み返したりしている。この本に、ある赤面恐怖症の青年が物語を「創作」してくる話が興味深い。ユングの言う「普遍的無意識」が表現されているのだ。私のかつてのカウンセリングでも、多くの子どもが「創作」を書いて持ってきた。

八月二十七日(日)

長崎と宮崎の人似てゐると書きし本ありオホラカやノンビリが

博多から特急「かもめ」号で長崎へ。長崎の歌誌「あすなろ」の創刊四十五周年記念大会の講演のためだ。上川原紀人氏が中心となって若い人を育ててきた短歌グループである。そういう自由な短歌グループをあたたかく見守る風土が長崎にあることも関係しているだろう。宮崎の現代短歌南の会の「梁」についても同様のことがいえる。

八月二十八日(月)

短歌とは蜜の大地とわれも思ふいたいたしき光も射せど

今日は長崎の「心の花」の仲間と、病院でリハビリに励んでいる小紋潤さんを訪ねる予定である。彼の遅すぎた第一歌集『蜜の大地』は多くの人が待ち望んでいた一冊だった。前川佐美雄賞、筑紫歌壇賞の受賞がきまった。個人的にも小紋さんにはたいへんお世話になっている。昨日の講演でも「草の茂る小道を通り夕焼けの向かうにいつかゆかうと思ふ」など彼の歌を引いて話をした。

八月二十九日(火)

朝夕はさすがに秋の気配ありかく言ひたきに今年は異變

文庫版『塚本邦雄全歌集』の第一回配本がでた(短歌研究社)。今回は第八巻で最晩年の歌集や拾遺作を収める。島内景二氏の解題、坂井修一氏のエッセイに教えられる。巻末の初句索引がありがたい。「そこに戦争《いくさ》が立つてゐたのは大昔今は擬似平和が寝そべれる」「女ひとり瞞しおほせず微醺《ほろゑひ》の頰に葉月の風の剃刀」などの作に心を止めながら塚本ワールドにひたっている。

八月三十日（水）

チェックのシャツよく似合ひ微笑みの優しさ変はらぬ小紋潤氏よ

一昨日、長崎に行っていたとき、長崎市内の長与町の施設でリハビリに励んでいる小紋潤さんを訪ねた。日頃小紋さんを親身に世話している古川典子さんが一緒に行って下さった。そのときの小紋さんの穏やかで優しい表情が目に焼きついている。アイパッドで写真も撮ってきた。彼の新作を期待している。第二歌集を出そうよとも言った。彼はうなずいた。

八月三十一日(木)

「新」よりも「真実」こそが尊きか「ポスト真実」と言はれゐる今

今日は第六十三回「角川短歌賞」の選考委員会のため上京である。候補作品を時間のゆるすかぎり読んだつもりながら、いざどれを上位に推すかとなるとなかなか難しい。今日の短歌において大切なのは何なのか、選考委員も試されている。

九月

九月一日㈮

牧水もわたしも孫も十八年生まれぞ明治、昭和、平成の

私の「短歌日記」も九か月目に入った。次女の長男の小学五年生が近くに住んでいるが、夏休みに入るときに「じいちゃんは短歌日記を毎日書いている。正樹君も書かないか」と言ったら、なんと「短歌日記」を毎日書き始めた。ただし、夏休みが終わるまでは見せないと言った。今日は見せてもらえるかな。

九月二日(土)

岩屋より天照大神出でたるは
赤子が子宮出づるに似るとふ

一週間前に「日本思春期学会」で講演した。そのとき会場のシーガイアで私の話を聞かれた日本助産師会の会長の岡本喜代子氏からお手紙と一緒に『平成の助産師会革命』やエッセイ集などをいただいた。大学生のころは八木重吉に惹かれたという。私もかつて八木重吉を熱心に読んだ。さっそく岡本氏の本に目を通している。御自分の助産院は「おたふく助産院」の名とのこと。

九月三日（日）

弾圧に墓まで破壊されしマンショ時超えて生く祈りぞ生くる

カワイ出版から『合唱・オーケストラ・ソプラノ独唱のための交響詩曲　伊東マンショ～時を超える祈り』が届いた。平成音楽大学長で作曲家の出田敬三氏が作曲されたすばらしい交響詩曲である。私の短歌十首が歌詞として使われている。マンショの苦難の人生は私たちに生きる勇気を与えてくれる。

九月四日（月）

たっぷりとへべすの果汁入れて飲む焼酎「あくがれ」プラトンを呼ぶ

香酸柑橘類として日向市特産の「へべす」がなかなかいい。香りは上品で、果汁がたっぷりである。そのうえ種が少ない。平兵衛さんが日向の山中でたまたま見つけた木らしい。これまた日向特産の焼酎「あくがれ」のロックやお湯割りにぴったりの「へべす」である。牧水の「あくがれ」の心はプラトンのイデアの世界への憧れエロースに通じるというのが私の持論である。

九月五日(火)

静けさにまさる勁さはなしと
思ふ光おのづから白萩の花

朝日新聞西部本社版の「短歌時評」で、今回は福岡県宗像市の大山志津子氏の『白萩坂』を取りあげようと思って読んでいる。このほど全歌集の出た故玉城徹氏に師事した歌人で、歌う対象への作者の共感と愛情が静謐な文体から深く伝わってくる。たとえば「枝低き無花果の実は土に触れそこに飛蝗の貌ありひとつ」。病を乗り越えての第二歌集である。

九月六日㈬

「梁」といふ南の独立王朝の名を選びにし安永蕗子

短歌は「結社」が果たす役割が大きいが、一方で結社をこえた団体の活動も重要である。いわゆる「超結社」である。私が代表をつとめている「現代短歌・南の会」はその超結社グループで、昭和五十一年に発足した。そして、二年後に会誌「梁」を創刊した。熊本の安永蕗子さんを中心に九州在住あるいはゆかりの歌人が集った。そのころは北海道に北の会があり、名古屋に中の会があって超結社のグループの活動が注目されていた。今も続いているのは南の会だけとなった。

九月七日（木）

夏惜しむ者もあるらむいちは
やく秋にさきぐる桜のもみぢ

桜の木はすでに葉を落とし始めている。他の木に先立って色づくのが桜である。ただ、北の国のようにはなかなか紅葉しない。牧水に「かへり来《こ》よ桜紅葉《さくらもみぢ》の散るころぞわがたましひよ夙く帰り来よ」の作がある（『別離』）。牧水にとって秋は自分自身を取り返す季節であったようだ。

九月八日㈮

月の船あふぎおもへり中心が江戸・東京の四百年余

斎藤成也著『日本列島人の歴史』（岩波書店）は、新しい時代区分を提唱している。現代に近い方から言えば、「江戸東京時代」「平安京時代」「ヤマト時代」「ハカタ時代」「ヤポネシア時代」である。政治の中心がどこにあったかによる区分である（ただしヤポネシア時代は政治の中心がまだなかったのでこの呼び名）。わが日向は神話の舞台にはなったが、いつも「非中心」だった。

九月九日（土）

前に行きしゆゑ親しくもあたらしきヤマタノヲロチとスサノヲの国

福岡空港で乗り継いで出雲空港へ。島根県民文化祭の講演のため。島根は五年ぶりくらいだろうか。『古事記』では高天原から追放されたスサノオノミコトが訪れたのが出雲国である。有名な出雲神話がそれから展開していくのだが、三浦佑之著『古事記を読みなおす』（ちくま新書）は、『古事記』では重要な出雲神話が『日本書紀』ではなぜ削除されているか興味深い学説が述べられている。

九月十日（日）

ヲロチのチ、イノチのチ、チは霊力
なりイノチ育つるチカラあるチチ

出雲市の「ビッグハート出雲」で「表現のよろこび」と題して講演。宮崎から来たということで、冒頭で日向神話にも触れ、出雲の魅力も語りたい。ヤマタノヲロチの登場する出雲神楽を前に見たことがある。講演が終わったあと、午後からは部門別交流会で私は短歌部門に出席。百数十首の作品を事前に読み、入賞作品を選んでいる。

九月十一日（月）

「生命《せいめい》」は目に見えて有りさりながら触れ得ず見えぬ魂《たま》きはる「いのち」

牧水は大和言葉を多く用いた歌人だった。「牧水における和語と漢語」という拙文でそのことを論じたことがある。「はくてふ」でなく「しらとり」。「おんせん」でなく「いでゆ」。「せいめい」でなく「いのち」。梅原猛、河合隼雄、松井孝典三名のシンポジウム『いま、いのちを考える』（岩波書店）は「いのち」の語は訳することが難しいと言っている。

九月十二日(火)

難破待つ響きにきこゆ日向灘より聞こえくる遠き潮騒

塚本邦雄第二十二歌集『汨羅變』に「電光ニュース難破は日向灘沖の漁船わたくしは乗つてゐないか」の一首がある。最近出版の『文庫版　塚本邦雄全歌集』第八巻を繙いていて、この歌をあらためて思い出した。人はいつでも「難破」する危険をはらんでいる。日向灘からほどとおくないわが家には潮の音がことに夜はよく聞こえる。「難破」をいつでも待っているよと轟いてくる。

九月十三日（水）

牧水の眼《まなこ》もてながめ牧水の
耳もてきかむ水のいのちを

牧水は故郷の坪谷が「みなかみ」だったこともあって生涯にわたって「みなかみ」を愛した。あるエッセイで「みなかみへ、みなかみへと急ぐこころ、われとわが寂しさを噛みしむるやうな心に引かれて私はあの利根川のずつと上流、わづか一足で飛び渡る事の出来る様に細まつた所まで分け上つたことがある」と書いている（「渓をおもふ」）。いわゆる「みなかみ紀行」の旅だ。そのみなかみ町を今日は訪れている。

九月十四日（木）

刺し違ふるごとく間近を走りあふ電車のはらわたの中にゐる

みなかみ町から東京へ。いつものことながら、人も車も多い。かつて「啄木をころしし東京いまもなほヘリオトロープの花よりくらき」（『火の橘』）と歌ったことがあるが、東京は多くの人びとを引きつけ吸い込むすさまじいエネルギーをもっている。今日は夕方から神田の学士会館で現代歌人協会の理事会に出席。

九月十五日㈮

まさか孫に励まされつつ歌作り競ひあふとは夢にも思はず

東京から宮崎に帰ってきた。昨日は孫の正樹君の誕生日だったが、プレゼントをまだしていない。何がいいか正樹君に聞いてみよう。九月十二日は私の誕生日で、正樹君からバースディカードをお祝いにもらった。「短歌作りこれからもいっしょにがんばろう」という激励！の言葉に添えて一首記されていた。「たんじょう日六十三年二日ちがいじいちゃんとぼくちょっと似ている」。この強敵は小学五年生。

九月十六日(土)

篁子さん歌詠まざるは惜しけれど娘麻里さんひそかに詠めり

明日九月十七日は牧水の命日で、坪谷で「牧水祭」が催される予定だったが、台風十八号が近づいているために延期となった。牧水の孫の榎本篁子さんと娘の麻里さん夫妻は牧水祭のため来宮されている。昨日は三人で宮崎県立図書館を訪れて下さった。「早稲田時代同級蛇笏の曾孫なる汝と知らずに二年過ぎたり」は麻里さんの歌で、牧水と蛇笏が同級であったように、曾孫同士も同級だったという、不思議な縁を感じさせる作。麻里さんには「タブレット画面の先は隣部屋のやうな夫のゐる倫敦よ」という現代的な面白い歌もある。

九月十七日（日）

録音に残りてをらぬ牧水の
寂《さび》ある声に似る人ありや

今年の牧水祭は明日に延期である。例年通りなら、今日も保存されて残っている坪谷の生家の横の牧水・喜志子の夫婦歌碑に代表が献酒を行い、そのあとすぐ近くの「牧水公園ふるさとの家」で牧水を偲ぶ会である。そして、今年は宮崎大准教授の中村佳文さんと対談する予定だった。中村さんは朗読や音読に関心を向けている気鋭の国語・国文学者である。

九月十八日（月）

歌もまた「うまさ」にあらず「要するに自分は自分の歌を作る」覚悟

俳優の堺雅人君は私が宮崎市内の高校でカウンセラーをしていたときの生徒である。いろいろな面で図抜けた生徒だった。その彼と数年前に『ぼく、牧水！』（角川書店）という対談集を出したことがある。先日読み返していたら堺君が「演技がうまいと言われることがうれしくなくなってきたんです。うまいって、『自分』と『ワザ』が分離していることだよなあ、って」と語っている部分があってさすがとあらためて思った。牧水は「うまさ」をめざしていなかった。歌論の一節。

九月十九日（火）

相手言ふ話に強く同意するときデスでなくやはりデスデス

宮崎では相手が言った言葉に同意するとき「ですです」と言う。自分たちは当たり前の言い方と思っていたら、県外の人には奇妙な言い方に思えるとつぶやかれたことがある。ところが、驚いた。新聞のコラムで、国語辞典編纂者の飯間浩明氏が「ですです」が全国版になっていると書いていた。新幹線のなかの広告に使われていたという。「宮崎は先進地?」「ですです」。

九月二十日(水)

食事中に箸おいてふと黙りこみ「時間」旅してをりし母の眼

今日は昨年二月に世を去った母の誕生日である。もし生きていたら百三歳だ。誕生日はいつも母と私と妻の三人で食事に出かけていた。場所は大淀川ぞいのホテルの眺めのよいレストランと決まっていた。食欲は変わらず旺盛だった。おしゃべりも快調だった。ホテルの人もびっくりするくらいに。ただ、百歳前後から大淀川のゆったりとした流れをただ見つめていることが少なくなかった。

九月二十一日㈭

薄切りのへべすびつしり浮かべたる出汁《だし》よき麺よきうどんの香り

「現代短歌」十月号が「くだものの歌」の特集を組んでいる。前田康子氏が選んだ近現代の「くだものの歌」百首が面白い。二十名あまりがくだものの歌の新作も出している。私は日向市特産の「へべす」を詠んだ。いろいろの飲み物や料理を生かす天然調味料だ。先日、日向市で初めて「へべすうどん」を食べた。一次会でけっこう飲んで食べた後だったのに、するすると喉にはいった。二階はスナックというその店のマスターはサーフィンの先生だった。

九月二十二日㈮

水のおとまた鳥のこゑ歌と聴け文字もちて人は歌失ひしか

渡辺松男氏はつねに注目している歌人である。「歌壇」九月号の「赤鴉」の一連も心にしみた。「そこの林檎にたどりつけざるわれにとり歩むとは永久に進めざること」の歌のように闘病中のいのちの哲学の歌である。「かりん」八月号の彼の「ことばなど歌にあらずとおもへども歌のためまたことばをもちふ」の歌もずっと心に残っている。

九月二十三日(土)

現代のオノマトペ論じ鋭《と》き論
なり十二年前のＪＫなおさん

今日は午後から宮崎県の主催の「年齢の花〜それぞれの年代の歌」という鼎談。東京から小島ゆかりさん、小島なおさんが来てくれて楽しいトークを行う予定である。なおさんと言えば「コスモス」十月号の「オノマトペ考」が卓抜だった。とくに若い世代の擬声語の減少を述べ、背景に生活のノイズレス化を指摘しているのが印象に残った。高校生で角川短歌賞を取った後、論作ともに充実している彼女である。

九月二十四日（日）

蜜の味する酒とともに飲みたき
がかなはぬこよひ潤ふ月よ

午前中の便で宮崎から福岡に飛び、午後から太宰府で第十四回「筑紫歌壇賞」の贈賞式。受賞歌集は小紋潤『蜜の大地』。小紋氏は身体の都合で出席できず、長崎の友人が会場に駆けつけてくれる。贈賞式のあとは、青木昭子・小島ゆかり・桜川冴子・藤野早苗、それに私でシンポジウムである。その後は恒例の天満宮境内の松島茶店で懇親会。

九月二十五日（月）

猥りなるこの世のどこを如何せむ
といふにあらねど曼珠沙華咲く

福岡から昼に帰宅。このごろ忙しくて、庭をゆっくり眺める間もなかった。彼岸花がいくつも咲いている。赤と白の両方である。「一茎を折り取り仔細に観察すれば、非観賞用植物の中で、これくらゐ鮮麗な、ユニークな花をつける草も他にまづあるまい」と彼岸花について記しているのは塚本邦雄著『百花遊歴』である。

九月二十六日(火)

鹿遊《かなすみ》のかこみゐる地に百年経し「新しき村」いまも新し

近代文学の流れのなかで宮崎が最も注目を集めたのは、武者小路実篤が中心になって宮崎県木城に「新しき村」を開いたときであろう。なぜ宮崎に開かれたか、実篤の「土地」他にくわしい。全国からユートピアを創ろうとして同志が集まった。私も幾度か「新しき村」を訪れている。現在は埼玉県の「新しき村」の方が有名かもしれないが、鹿遊山系が見下ろす日向「新しき村」は健在である。今年、創立百年を迎える。

九月二十七日（水）

『海の声』の発行所なる生命社ここ専念寺の下宿なりにき

「心の花」の仲間で、リヨン在住の松本実穂さんからメールをもらった。松本さんとは七月の秋田での全国大会でお会いした。その大会の後に東京で「パリ短歌東京支部歌会」を開き、会場が新宿原町の専念寺だったという。大黒さんの守中章子さんも歌会にもちろん参加。牧水の早稲田時代の最後の下宿の専念寺を私が訪れたのは何年前だったか。牧水の恋心が最も高まり、恋人小枝子がしばしば姿を見せた下宿である。それにしても、自分のいた下宿で百十年後に国際的な歌会が開かれるとはさすがの牧水さんもあの世で驚いていることだろう。

九月二十八日（木）

「最低」の語は使はぬに及くなしと日ごろ思へどこたびのカイサンは

「最低」という言葉は日ごろ使わないように気をつけている。程度などがひどく劣っているときは思わず言ってしまいそうになるときもある。しかし、この言葉は相手に不快感を与える全否定の言葉になりやすいので、使用に当たっては慎重でありたい。今日は臨時国会が招集される。

九月二十九日㈮

秋の日のわたくしあめに襲はれて走るといへどちよかちよかと

この二、三日、曇り空で、にわか雨も多い。にわか雨を嫌いではない私も外出先ではこまる。特に激しいにわか雨には。この前は宮崎市の南部の方に出かけていたら、突然の土砂降り。雨をよける場所をみつけて一目散に駆けていったと言いたいが、転んだらもっとたいへん。

九月三十日（土）

夕光《ゆふかげ》も夕陰もよき秋の日の
夜ぞ待たるる来む人なきに

昨日は外での仕事を終えて夕刻には自宅に帰った。金曜日の夜に家でゆっくり過すのは久しぶりだった。昼間はまだ暑い南国宮崎も、朝夕はすずしく秋の気配がしっかり感じられる。家の近くをあるくと、とんぼがたくさん群れ飛んでいる。旧暦八月九日。夜になって出た月は思い出を降らせるごとく光を撒いていた。

十月

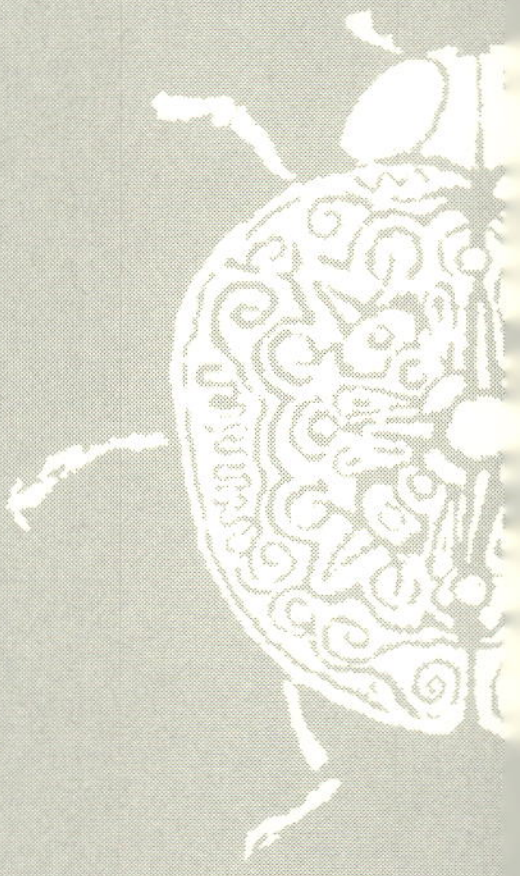

十月一日(日)

日向の国いかに見えをらむ牧水を愛し歌びとにならざりし人に

今日は西村和子さんが宮崎市で「九州俳句大会」の講演をされているはずである。演題は「俳句生活五十年」。聞きに行きたいが、残念ながら私も宮崎市内の別の場所で講演会。西村さんとは今年「短歌」の六月号で楽しく対談した。彼女が高校時代は短歌の方がむしろ好きで、牧水歌集を熱心に読んでいたのに驚き、かつ嬉しかった。今回、宮崎の句を詠まれる時間があるかな。

十月二日(月)

秋の夜にひとり酌みつつ恋ふる
ひと幾《いく》人《たり》かある　筆頭は内緒

優れた歌人は春夏秋冬それぞれの季節の秀歌を詠んでいる。馬場あき子さんがそうである。今の秋の季節の秀歌、たとえば「我れがゐて銀杏が立ちてそのほかはみとめたくなきまでに秋澄む」（『月華の節』）。近刊の歌集ではもっと自在な秋の歌が楽しい。「やることはいっぱい抱へてやりたくない怠慢の心愛す秋の夜」「言はない方がいいのに言つてしまふことさはやかな秋の日のわが病《やまひ》」（『渾沌の鬱』）。

十月三日(火)

なりかはり歌ふ醍醐味知りにけり
いにしへの人楽しみにけむ

二〇一八年は牧水没後九十年。十一月三十日には東京の日暮里サニーホールで、仙道作三氏の作曲・演出・指揮で牧水のオペラを上演する計画である。台本をいま書いている。牧水の恋が主なテーマで、恋人小枝子が当然登場する。しかし、小枝子は歌など書き残していない。私が成りかわって彼女の心を「創作」する以外にない。それが結構たのしい。

十月四日(水)

人生の二時間よりも濃密の「二時間」読みぬ無月も月ぞ

直木賞受賞作の佐藤正午氏の『月の満ち欠け』(岩波書店)を読んだ。佐藤氏の本は『小説の読み書き』(岩波新書)を前に読んで面白かった。長編小説は初めてである。わずか二時間という設定の中の濃密な物語で、不思議な「人の満ち欠け」である。死んでも人はこの世を去らず欠けないのだ。「オール讀物」九月号に、佐世保北高校で佐藤氏と同年だったという島内景二氏が書いていた『月の満ち欠け』論も受賞作に劣らず濃密だった。今夜は十五夜。

十月五日㈭

選歌とは恩返しならむかつてわれも選ばれ育てられし思へば

「心の花」に入って間もなく五十年になる。入会したのは友人福島泰樹がすすめ、佐佐木幸綱さんがいたからである。入会して作品を送り、選者にどの歌がとられているか楽しみだった。いま、私が「心の花」の選者の一人である。月初めに私の担当分が編集部から送られてきて十日以内で特選歌、入選歌を決め返送する。責任が重い仕事である。

十月六日㈮

吹く風に問難をされ立ちつくす
つくつくほふしほふしつくつく

高野ムツオ氏の「小熊座」の毎号の巻頭詠はかならず読む。十月号は「眼窩」三十句。「骸にも声あふれをり秋の蟬」「秋風が眼窩を抜ける音がする」。表題作の二句目はとくに心にとどめた。この「眼窩」は生者死者のそれを問わないだろう。わが家の庭では法師蟬が鳴きしきっている。南国宮崎では十月いっぱいはその声を聞く。

十月七日（土）

百ページの「大震大火紀念号」ほとんど震災記事で満たしぬ

今日は宮崎県立図書館で「若山牧水と『創作』」の講演会。「創作」の同人であった故竹中皆二氏の御子息の竹中敬一氏から図書館に、「創作」大正九年から平成八年までの貴重な八百七十八冊を寄贈されたのを記念しての講演会である。重要な特集を取りあげて話すつもりだ。たとえば関東大震災特集号など。同人を想う牧水の温かい心の伝わる大特集である。震災後二か月足らずでの発行は、印刷所が東京でなく牧水の住んでいた沼津だからできた。

十月八日(日)

過ぎし日のおのれの歌に叱られ
て酒を飲みをり薬呑むごとく

「かりん」十月号に桜川冴子さんが私の第六歌集『海号の歌』を「カイロスへの希求」のタイトルで論じてくださっていた。桜川さんの鋭い論に導かれながら引用された作品を久しぶりに読んだ。間違いなく自作である。「なんだ、二十年前のほうがりっぱではないか」。嬉しく読み始め、しだいに複雑な気持ちになった。

十月九日（月）

庭くまに驟雨をうける藤袴こ
ころしぼらぬ秋の日のよし

体育の日。運動能力その他いろいろの健康データが発表される。そして運動の大切さが言われる。私は家の周りを歩くぐらいで大した運動はしていない。歩くのは好きだ。自転車は昔から愛用している。現在はかつて「海号」と名付けた自転車の四代目。今の自転車は改良が進んでいて驚く。

十月十日(火)

毎日を話し書きゐる日本語の謎ふかぶかと月夜もとほる

日本語論の本はたくさんある。去年出版された本で、たくさん教えられたのは橋本陽介著『日本語の謎を解く』（新潮選書）である。一問一答式で書かれており、面白くわかりやすい。「なぜ日本語の母音はアイウエオの五つなのか」「濁音をつける平仮名とつけない平仮名があるのはなぜか」「『日本』はなぜ読み方を統一しないのか」など。

十月十一日(水)

後輩の子らが短歌を詠みてゐる
母校に秋蝶となりて舞ひ来よ

今日は坪谷小学校で特設の短歌の授業だ。坪谷小学校は言うまでもなく若山牧水の母校である。牧水が卒業したのは今からもう百二十年以上前だが、児童たちは「牧水先生」を尊敬している。今日の授業は「牧水先生」の少年時代を話し、児童全員（十二名）の短歌を批評することである。前もって送られてきた作品はレベルが高い。さすが牧水作品を日ごろ学んでいるだけある。

十月十二日㈭

混濁もある人生を歌に詠めば
すべてがピュア老いの短歌は

要介護・要支援の高齢者の短歌作りのボランティア「出前短歌教室」を始めて二十年以上になる。ボランティアグループ「空の会」の皆さんが熱心である。今日は宮崎市内の野崎病院の通所リハビリセンター「あすか」訪問。初めて短歌を詠む高齢者の歌も味わいが深い。今日出席の山元順子さんの歌集を「あすか」のスタッフと「空の会」の有志が作った。「安物の指輪異様なまで光りばれてしまうか私の心」(山元順子)。

十月十三日(金)

東京から母の弔問に袈裟用意し福島泰樹来てくれにけり

短歌の集まりに出席すると、よくたずねられるのが「どんなきっかけで短歌を始めたんですか」。私の場合ははっきりしている。大学の哲学科の同級生の福島泰樹のすすめである。その意味で彼は私の恩人である。その後もう五十年以上の付き合いだ。彼は宮崎にも幾度も来ている。彼のお父さんも私の宮崎の実家を訪ねて下さったことがある。そして私の父母も福島泰樹が大好きだった。

十月十四日（土）

にぎやかにかたまりてゐる皆
皆から離れてそよぐ端っこ芒

鹿児島県伊佐市は郷土の偉人海音寺潮五郎を顕彰する目的で、「銀杏文芸賞」をもうけている。エッセイと短歌の審査を行うのは詩人の岡田哲也氏と歌人の宮原望子氏と私の三人。その岡田氏の新詩集『花もやい』（花乱社）がでた。「すみにあるからって／ひずんでいるとはかぎりません／かたすみだからって／ひがむことも　ありません」は巻尾の詩の冒頭である。いかにも岡田氏。

十月十五日（日）

朝あさを清むる人らをりにけり
逃れ来て日向に果てし人のため

今日は「歌工房とくとく」の主催で「宮崎の文学碑をめぐる旅」（宮崎市文化振興基金事業）。四十余名がバス一台に乗って宮崎市内の文学碑などを訪ねる。特色は若い歌人たちが分担してそれぞれの文学碑をガイドすることだ。私も終日行動をともにする。下北方町の景清廟など宮崎市民でも知らない人が多い。平景清は「この目が迷いであるぞ」と自分の目を抉って投げた。そこに「生目《いきめ》神社」がある。

十月十六日（月）

「医」の文字のかくしがまへの中の「矢」は病を射る矢　勁くて優し

医師で歌人という人は少なくない。「はるかなる先達なりや鷗外をはじめに茂吉、到、三四二は」と近刊『百通り』（本阿弥書店）で歌っているのは長嶺元久氏である。氏の歌の特色は、患者と医師の温かく真摯な心の交流が簡明な文体で歌われていることである。「わたくしが生きてるかぎり先生はお元気でゐて診てくださいね」「百人の生まれ出づれば百通り生き方のあり逝き方がある」。

十月十七日（火）

医神なすインキュベーション　自らが傷つくことにより人癒やす

河合隼雄氏が亡くなった後もその著作を時に読んでいる。河合氏なら今のこの問題にどう発言されるだろうかと思いながら。『日本人の心のゆくえ』（岩波書店）を読み返していたら、インキュベーションについて論じてあった。この語はもとは鳥の卵の孵化の意味らしいが、宗教、医療、教育、あるいは政治においても重要に思われる。相手の痛みを自分が傷つくまで引き受けるのである。難しいことだが。

十月十八日㈬

酒飲みの親不孝者の不面目なくなりしこと照れてゐたりや

今日はことしの若山牧水賞の発表である。昨日、佐佐木幸綱氏、高野公彦氏、栗木京子氏、それに私の四名で選考を行った。受賞者は牧水論を宮崎日日新聞に連載したり、講演したりすることになっている。選考委員も毎年交代で牧水について講演する。おかげで牧水の歌と人の魅力が県内でよく知られるようになった。誰よりも牧水さん自身がよろこんでいるか。

十月十九日㈭

子どもらの朗読劇のいきいきと神代のむかし目の前にあり

二〇一二年は『古事記』から一三〇〇年だった。二〇二〇年は『日本書紀』から一三〇〇年である。神話の国である宮崎県はいま「記紀編さん紀念事業推進室」を設けていろいろな事業を行っている。その一つが小中高の児童や生徒たちへの『古事記』などをテーマにした授業。私も毎年出かける。今年は日向市立寺迫小学校の四年生から六年生までの子どもたちである。三浦佑之氏訳の『古事記』の朗読劇に子どもたちに取り組んでもらった。

十月二十日㈮

帰郷者、カウンセリング、ポタリングわれと共通　甲斐の浩樹は

若山牧水賞に三枝浩樹歌集『時禱集』（角川書店）が決まったことを一昨日発表した。いい歌集に決まったという声を聞いている。浩樹氏は私より三歳下で、山梨県甲斐市に住む。「しんしんと見えがたきもの空に充ちわが行きかえるなまよみの甲斐」。彼と私の共通点のひとつは、東京の大学を出たあとすぐに故郷に帰り、教師をしながらそのまま生活していることである。

十月二十一日(土)

最《もと》も古きをんなとをとこの
恋の歌ここ青島に碑《いしぶみ》のあり

今日から明日にかけて宮崎市で今年度の「和歌文学会」の全国大会がひらかれる。私の基調講演の後、「古典和歌と近現代短歌」と題したシンポジウムが行われる。パネリストは歌人の俵万智さん、小島なおさん、歌人で早稲田大学教授の内藤明さん、神奈川県立上溝南高校教頭の永吉寛行さん、それに私である。司会は早稲田大学の兼築信行さん。「短歌県」宮崎にふさわしい行事である。宮崎市青島にトヨタマビメとホオリノミコトの相聞の歌碑が建てられている。

十月二十二日(日)

マイナスにのみに噴火を考へぬ寅彦読めり玉撫づるごと

宮崎と鹿児島の県境にある新燃岳の噴火が続いている。六年前に大きな噴火があったことは記憶に新しい。専門家の予測によると、今の噴火は当面つづくとのこと。寺田寅彦の自然論や災害論を折にふれて読む。たとえばこんなことを言っている。地震を起し火山を噴火させる日本の自然は深い慈愛をもつ母なる存在であると同時に、遊惰に流れやすい心を引き締めてくれる厳父としての役割も務めると。

十月二十三日（月）

足音のして誰も来ぬそんな
はずなき秋の夜や郎女の夢

台風二十一号が大きな被害なく宮崎は通り過ぎたが、東海や関東はこれからが大変だ。ただ、宮崎では全国から集まった和歌文学会の会員の人たちが宮崎発の飛行機が飛ばず困ってしまった。学会そのものは無事に終わった。運営の中心になったのは宮崎大学の中村佳文さんで、彼のゼミの学生を中心にして宮大の男女の学生がそれぞれの分担の仕事をきびきびとこなしているのが印象に残った。

十月二十四日（火）

老いるほど肌《はだへ》つやつやしてくるは人間ならず檳《び》榔《らう》樹の話

県外からお客さんが見えるとよく案内するひとつは青島である。亜熱帯林のビロウジュが繁っている。このビロウジュについて私が子どもの頃は南方より種子や生木が流れ着いたという漂流説が言われていた。今は遺存説が有力だそうだ。つまり、日本全土でかつて繁茂していた亜熱帯植物が気候の変化で消滅し気候温暖な小島だけ残ったという説だ。なお、ビロウジュは年輪がなく、樹齢の判定は木肌で行うらしい。そして、人間と逆で老いた樹ほど肌がなめらか。

十月二十五日（水）

みづからをつらぬくことは快なりや
キバナノツキヌキホトトギスの黄

台風が過ぎた後、晴れの日が続いている。庭は秋の花がいろいろ咲いている。かわいらしいのは薄紫の嫁菜の花。ホトトギスも咲き始めた。ちょっとめずらしいのはキバナノツキヌキホトトギス。黄色の花をたくさん垂らして咲かせている。実際は茎が葉の周りを巻くようにつながっているのだが、見た目には茎が葉を貫いているとしか思えない。もともと尾鈴山に自生していた。

十月二十六日㈭

山のみづ海に向かふも海のみづ山に寄せくも恋しあへれば

宮崎県では二〇二〇年に第三十五回国民文化祭と第二十回全国障害者芸術・文化祭が開かれる予定である。その企画会議の会長ということに私はなっている。企画会議と県実行委員会でまとめた案がこのほどできた。大会キャッチフレーズは「山の幸　海の幸　いざ神話の源流へ」。三年後に向けてこれからが大変である。

十月二十七日㈮

ロンドンもパリも行きしことなきわれよ白昼夢では極圏にゐる

服部崇歌集『ドードー鳥の骨』（ながらみ書房）を読んだ。巻末の谷岡亜紀氏の解説によると、服部氏は東大を出た後にハーバード大などで学び、経済産業省の重要なポストを海外で担当している。今回の歌集は副題に「巴里歌篇」とあるようにパリ勤務時代の作である。対象を鋭く捉える簡潔の文体で、それでいて温かい抒情がある。書名は「こんな日は博物館を訪ひてドードー鳥の骨かぞへたし」の歌による。歌集中にもっと格好いい作があるのに、あえてこの歌をタイトルにしたところに氏の「気骨」を感じた。

十月二十八日㈯

励まされつつ選歌せり百歳をこえたる人の生《いき》の香りに

要介護・要支援の高齢者を主な対象とする「老いて歌おう」の短歌募集に今年も全国の二千二百名をこえる人たちから短歌が寄せられた。百歳以上の人がなんと二十六名いる。九十歳代が四百五十五名、八十歳代が六百九十名。最優秀賞、優秀賞の作品をようやく選んだ。十二月二日の宮崎市での表彰イベントが楽しみである。入賞の皆さん、お元気でいてください。

十月二十九日(日)

牧水はボードレールまたニーチェ愛読せしも心の旅に

今日は沼津市の若山牧水記念館で講演である。開館三十周年記念の特別企画展「牧水と旅」が催されており、私も「牧水と旅」のテーマで話をする。記念館には貴重な牧水ゆかりの品がいくつもあり、そのなかのひとつが牧水がボードレールの詩を書いた短冊である。「行かむがために行く者こそ、誠の旅人なれ」で始まる詩だ。

十月三十日(月)

牧水も雑誌の赤字に苦労せしが「牧水研究」も似たことなるぞ

「牧水研究」二十一号ができた。今回は「牧水ゆかりの人びと」が特集のテーマである。特に牧水と石川啄木の交流が論じられている。中村佳文氏、大坪利彦氏、それに私も二人の関係を取りあげて書いている。それにしても、「牧水研究」よく続いてきた。実は牧水研究会は今年の宮崎県文化賞を学術部門で受賞することになった。嬉しいことである。一番喜んでいるのは会計担当者であろう。

十月三十一日㈫

予定外の旅の車窓を夜雨やまず打ちき熊本、博多、岡山

東京から昨日無事に宮崎に帰った。だが、先週土曜日の上京は大変だった。台風二十二号のため夕方の飛行機が飛ばなかったのだ。上京は諦めざるを得ないかとも思ったが、沼津では皆さんが待っている。そうしたら私の家の近くの次女が新八代まで激しい風雨のなかを車で送ってくれた。持つべきものは娘なり。新八代から新幹線で夜のうちに行けるところまで行くことにした。夜十一時頃に着いた岡山で一泊し、翌朝沼津に向かった。

十一月

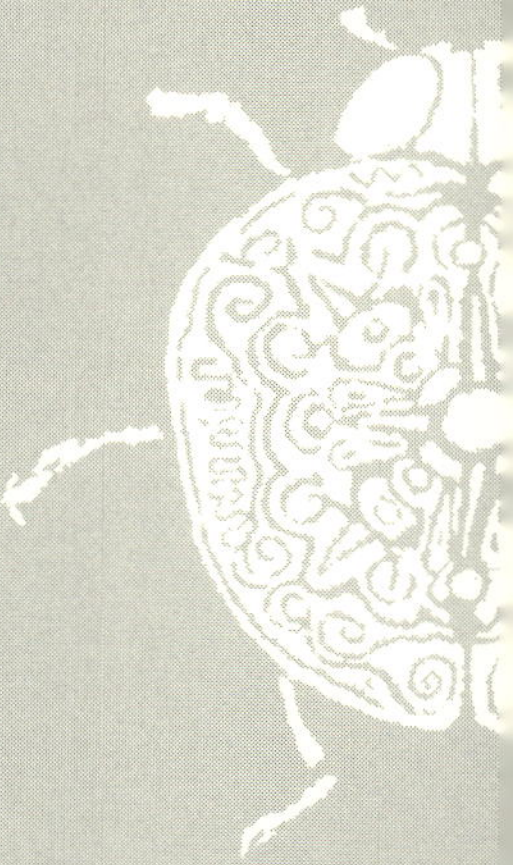

十一月一日(水)

ひたむきさとやさしさのその源《みなもと》をしみじみと思ふ両親に会ひて

沼津に行ってやはりよかった。林茂樹理事長はじめ沼津の牧水ファンの人たちが待って下さっていた。兵庫県から榎倉香邨先生もわざわざ来て下さっていた。そして、堺雅人君の両親とも久しぶりにお会いできた。雅人君の弟の輝《あきら》君のコンサートが開かれるというので、ちょうど沼津に見えており、若山牧水記念館にも足を運んで下さったのだ。雅人君、克弘君、輝君の三人の兄弟、ジャンルはちがっても、みな芸術家だ。

十一月二日（木）

掘割りの水は忘れず照り

流る没後七十五年の君よ

今日は北原白秋の命日である。この日は白秋の故郷の柳川市で毎年「北原白秋顕彰短歌大会」が開かれる。選者が高野公彦氏と小島ゆかり氏と私の三人で、交代で柳川に出かけて講演と入選歌の選評を行う。今年は私の当番だ。学生時代に私は牧水よりも先に白秋に親しんだ。静かなたたずまいの柳川の通りを歩いていると、『桐の花』の名歌が思わず口をついて出てくる。

十一月三日（金）

白秋言ふ小さい緑の古宝玉い

まもかがやき放ついまこそ

西日本文化賞を受けることになり、福岡市天神の西日本新聞社で今日授賞式である。学術部門は放射線災害医療学の権威の山下俊一氏、元素ニホニウムを発見し命名した森田浩介氏、社会文化部門は「銀河鉄道９９９」が代表作の漫画家の松本零士氏、そして私である。私は歌作と牧水研究のほか、「牧水・短歌甲子園」「老いて歌おう」などの提唱と活動が受賞の理由である。まことに光栄で、錚錚たる他の受賞者に較べると恥ずかしいほどだが、短歌そのものが評価されたと思うと嬉しい。

十一月四日（土）

十畳の広き書斎の真夜中の
空気びんびんびん君震はしき

福島泰樹の新しい歌集を読んでいる。皓星社出版の『下谷風煙録』である。冒頭の「自序」は彼の生地であり現在も住んでいる下谷への熱い思いから始まる。大学二年生の終わりに出会い、彼の下谷の家をどれだけ訪れたことだろう。両親が歓待してくださった。彼は離れに自分の広い部屋を持っていた。書棚には文学と哲学の本がびっしりと並んでいた。そして、深夜まで語り合った朔太郎や啄木たちが今度の歌集でも息づいている。

十一月五日（日）

鋭さを内に蔵せる笑顔なりき

どんでん返しつねにたくらみ

岩田正さんが亡くなったという知らせがとどいた。いつまでも矍鑠としておられる気がしていて、突然の悲しい訃報だった。若いときから岩田さんに温かく励まされてきた。私が地方にいることを案じてくださったのだと思う。「かりん」十一月号の御作品を最後まで岩田さんらしいと思い読み返した。「人生のどんでん返し稀なるをどんでんがへし夢見るわれは」。心から御冥福をお祈りしたい。

十一月六日(月)

七十年棲みてまだ知らぬ九州よ
知らざるゆゑになほ棲み続く

福岡の桜川冴子さんの新刊『短歌でめぐる九州・沖縄』が出た。九州・沖縄で詠まれた現代歌人の作品を取りあげて一冊にしたもので、美しいカラー写真がたくさん載っていて楽しい。肉声のきこえる感じの桜川さんのエッセイもいい。沖縄から始まって最後が福岡という構成も納得した。

十一月七日(火)

偶然と思はず二人の歌びとを生みし小さな村の息づき

今日は藤田世津子歌集『反魂草』を読んでいた。先週の「心の花」宮崎歌会で福原美江さんが藤田作品を取りあげて話し、久しぶりに読み返したくなったのである。宮崎県美郷町西郷の出身で、「ヤママユ」に所属していた。「悲劇」の人生を彼女の口癖で言えば「華やいで生きる」ことができた人だった。私の言を疑う人があったら歌集を読んでほしい。西郷出身の先輩歌人に優れた小野葉桜がいる。

十一月八日（水）

夫支ふる自らも癌の藤田世津子つねに濁流の真紅の薔薇よ

大口玲子さんが去る三日に美郷町西郷に講演に出かけて小野葉桜や藤田世津子について話した資料をメールで送ってくれた。さすが深い理解者の大口さんの作品資料である。時代を超えて二人は結ばれている。そして、村の先輩の葉桜も驚嘆するに違いない世津子の作品と思う。「いくたびも吾が名呼ばれつ黙深く死をば育み合ひて夜に入る」「病み病みて生凄《いき》まじくなりゆけるきみをば抱きゆかむ一世を」。

十一月九日(木)

特別の子ではないはず死の口に引き寄せらる十代の「リアル」

十五歳から三十四歳までの若者の死因の第一位が自殺の国は先進七カ国では日本だけであり、日本の自殺者数は他の先進国の約二倍である。全体の自殺者数は減少傾向なのに、若者だけはそうではない。今「自殺志願者」を物色して殺害に至った事件が報道されている。まことに痛ましいニュースである。被害者の中には十代の女性も複数含まれているという。私たちは何をどうしたらいいか。

十一月十日(金)

栗の木の郷《きやう》に事合ふ鷹の爪き
みすすめれば秘語のごとしよ

新刊の『ぼくの細道うたの道』(本阿弥書店)がとても楽しい。高野公彦氏へのインタビュー集で、聞き手は栗木京子氏だ。高野公彦氏の率直でユーモアを交えた語り口から予想外のことも出てきて興味深い。そんな高野氏の言葉を引き出しているのは、栗木氏の綿密な下調べにもとづく的確な質問や発言である。二人の名前を織りこんで戯れ歌を詠んでみた。

十二月十一日(土)

「正《ただし》」とふ畏まった字の直線
がみな動き出し柔《やは》く温かし

「文藝春秋」十二月号が届いた。先日亡くなった岩田正さんの「秋」七首が掲載されている。岩田さんは最後の日までお元気で、ケアセンターに行かれたときは他の皆さんを明るく励まされていたにちがいない。「俺のこゑやつぱり美声ケアセンター百人一首よむためにくる」。掉尾の一首は「秋は帰路雲の茜を身に浴びてつれだち歩む去りし友らと」というしみじみとして深い寂寥感のある作だった。合掌。

十一月十二日(日)

身の丈も花の大小もそれぞれに黄をかがやかすつはぶきの花

南国宮崎も晩秋を迎えている。庭に咲いている秋の花もわずかになってきた。一方、椿は花を咲かせ始めた。いま庭で目立つのは石蕗の黄色の花である。私の好きな花で、かつて「わが時間にかかはりのなき石蕗《つは》の花ここ水上にかがやけるかな」（『火の橘』）と歌ったことがある。いま目にしているのは庭の石蕗の花だが、やはり同様の想いを抱かせられる。晩秋という季節と花の黄色がそう思わせるのか。

十一月十三日(月)

進化せる自転車に乗る薄暗くなればみづからライトを点す

大島史洋さんの『短歌こぼれ話』（ながらみ書房）が面白い。その中に「明治の自転車」という文章があって、正岡子規の自転車の歌が紹介されている。私は自動車に乗らず自転車族なので、その歴史について前に調べたことがある。日本で最初に自転車を試作したのは「からくり儀右衛門」の名で知られる田中久重で、明治元年という。それにしても、今の自転車は便利で快適である。

十一月十四日(火)

みなかみに牧水の耳きき
とめし光の声と言葉をおもふ

昨日ふれた『短歌こぼれ話』の初めの方に朗詠に関わる文章がある。大悟法利雄の本を取りあげ、釈迢空が短歌の朗詠に関心をもっていたという話を紹介している。迢空には「牧水詠歎」という文章があって、牧水の朗詠について興味深い内容を書いている。昭和二十六年の文章である。牧水は耳のよい歌人だった。「行き行くと冬日の原にたちとまり耳をすませば日の光きこゆ」と歌ったように。

十一月十五日(水)

ワインのうた入賞したる八割が女性　こよひ酒豪に会はむ

今日は宮崎市のシーガイアで「みやざきワインを愛する会」である。宮崎県には四つのワイナリーがある。北から言うと、五ヶ瀬、都農、綾、都城にある。ワインの新酒ができる頃に開かれるこの会が、今年はワインの歌を募集し、俵万智さんと私が選者をつとめた。今夜、表彰式を行い、ワインパーティだ。

十一月十六日㈭

おそれつつ新人を待つずぶ濡れの
ラガーのごときは稀といへども

今日は上京して「歌壇賞」選考委員会である。この賞の選考委員を第一回から数年間担当し、今また五年ほど担当している。新人賞の選考はいつものことながらなかなか難しい。性別も年齢もわからぬ無記名の連作を読むのだから。試されているのは選考委員の方である。「ずぶ濡れのラガー奔るを見おろせり未来にむけるものみな走る」（『日本人霊歌』）。

十一月十七日(金)

牧水は旧国名にて土地うたふ「近代」日本を避くるごとくに

東京から上越新幹線で上毛高原へ。そのあとは「みなかみ町」の迎えの車で猿ヶ京へ。牧水が利根川上流のこの地を初めて訪れたのは大正七年十一月である。西暦で言うと一九一八年。今から九十九年前だ。「たのしみてけふぞ入り来し上野《かみつけ》のむら山の峰に秋の雪積めり」の歌で連作「みなかみへ」は始まっている。ちなみに今日十七日は谷川温泉に泊まっていた。「みなかみ町」は牧水が訪れたときと同じように寒そうだ。

十一月十八日（土）

第一位は日本、六十位はサウジアラビア「自然と調和し人は生きるべき」

『日本人の価値観』という本がある（中央公論社）。サブタイトルに「世界ランキング調査から読み解く」とあるように、ランキング調査（日本人は好きだ）を通してみた日本人の価値観の特色である。五年ほど前に出た本で、ときどきながめていると面白い。「ネコババを許容するか」なんていうランキングもある。

十一月十九日（日）

牧水に逢はせたかりしと旅人《たびと》さん記せる女性みなかみにゐる

みなかみ町での昨日の「若山牧水みなかみ紀行短歌大会」は多数の良い作品が寄せられ盛会だった。みなかみ町で牧水顕彰の動きが高まり、短歌愛好者が増えたのは、群馬県の文化のリーダーである持谷靖子さんの働きが大きい。猿ヶ京ホテルの前の女将である。持谷さんの祖父は牧水の「みなかみ紀行」に登場する。牧水の長男の旅人氏がそのことについて書いたエッセイが忘れられない。

十一月二十日（月）

ふるさとを失ふことは離郷とふ旅心なくすことだと言はれうなづく

中西進氏の『「旅ことば」の旅』（ウェッジ）を読んでいる。旅に関する八十八の言葉から日本人にとっての旅を考えさせてくれる、深い内容の本である。旅行中にも読んでいた。そのなかで、かつては「お国はどちらですか」という聞き方が今はなされなくなったことについて触れられていた。それは「たしかな枠組み」をもつ故郷を失ったからではないかと。

十一月二十一日㈫

暮れにける山山の上に雪まとふ谷川岳の白き裸身よ

みなかみ町で見た雪が忘れられない。土曜日の短歌大会が終わった後、地元の田村吉廣さんが、急いで行けば日が暮れる前の雪の谷川岳を見ることができるかも知れないと言われ、車を走らせてもらった。田村さんは谷川出身で、今も谷川に住んでいる。間に合った。車を降りて闇の中に目をこらすと、うっすらと見える谷川岳の白い姿が神秘的だった。翌日の朝は雪が町の方も飾った。

十一月二十二日(水)

わが娘アポなしに訪ねゆきたるに福島泰樹馳走しくれき

上京していた長女がスマホでとった写真を見せに来た。福島泰樹と写っている。先週末に宮崎から東京にある用事で出かけ、時間を見つけ法昌寺を探して訪ねたら福島がちょうど在宅だったという。娘はお参りしてお札だけもらって帰るつもりだったらしいが、福島がよく来たなと言って歓待してくれた。彼の多忙さを知っているので真に申し訳なく思う。忙しいの「い」の字も言わず上野公園まで案内してくれたそうだ。

十一月二十三日(木)

咲き残りゐるむらさきの庭の花に声かけて出づ「今日は奈良までね」

昼前の飛行機で伊丹空港へ。そのあと空港バスで近鉄奈良駅へ。「奈良大学短歌会」主催の「現代短歌を考える会」に出席するためである。一般市民も多く参加する。産婦人科専門医で奈良大学教授の島本太香子さんが世話役だ。このところ家にいることが少ない。体調に気をつけなければと思う。

十一月二十四日㈮

山のみづと海のみづとが恋し
あひひとつになれる耳川河口

奈良から帰宮。奈良にはすばらしい文化がある。宮崎にももちろん文化はある。自慢できるのはやはり自然だろうか。『古事記』に登場する自然がいまもそのままに広がっている。神話で語られていることの真偽はともかくとして、神話の舞台にふさわしい自然と言い得る。山も海もだ。

十一月二十五日(土)

奈良に生きる若きの歌にあたらしきいにしへのこゑ聞かむとしたり

奈良大学短歌会の学生の作品にあらためて目を通している。「空の青紅葉の赤に稲穂の金色戯れるわたくしの秋　中里葵」「虹をみたそんな些細な出来事が前向きに生きるきっかけになる　朝田智春」「古都奈良で修復学ぶこの手から小さな歴史を蘇らせたい　肥田美咲」「サクラサク奈良の暁　本にさす此は古《いにしえ》の輝きなるか　小江陽南子」など。当日のすがすがしい学生の印象が蘇る。

十一月二十六日(日)

海音寺潮五郎氏のふるさととしてよりも今は伊佐美の伊佐か

鹿児島県伊佐市出身の直木賞作家である海音寺潮五郎を顕彰する目的で設けられている「銀杏文芸賞」も今年で十七回目を迎えた。エッセイ部門と短歌部門があり、岡田哲也さんと宮原望子さんと私が選考委員を務めている。今日が授賞式。高速バスで吉松まで行き、あとは迎えの車で伊佐市へ。受賞者の皆さんとお会いするのが楽しみである。焼酎伊佐美は有名。奈良市の奈良ホテルにも伊佐美がどんと置いてあった。

十一月二十七日(月)

上流の川の光また山の光また眼の中に遊びてゐたり

このところ旅行続きである。先々週のみなかみ町と先週の奈良市はとくに印象に残っている。牧水はどちらも訪れたことがある。みなかみ町では「日輪のひかりまぶしみ眼をふせてゆけども光るその山の端に」(『くろ土』)、奈良では「いつ見てもかはらぬ山のわかくさの山のなだれに鹿あそびをり」(同)と歌っている。奈良公園では子どもを連れてくればよかったなどと父親の心になっている。

十一月二十八日㈫

オーバーの要らぬぬくさの良けれどもたましひには寒さが力

十一月も残すところはあと二日である。だんだん寒くなってくる。とは言うものの宮崎は他の地方に較べると暖かい。みなかみ町はすでに雪が降っていたが、地元の人は来年の三月まではこんな毎日だと言っておられた。

十一月二十九日(水)

たましひを線となし行となしたまふ榎倉香邨先生の書

二十年も前に日本芸術院賞を受賞された日本を代表する「かな」の書の日本の代表者である榎倉香邨先生は、この十年あまり牧水作品を精魂込めて書いてこられた。今年二月の東京銀座画廊の「炎と山河」と題した書展を観せていただいて宮崎県民に先生の作品を観る機会を作りたいと思った。

十一月三十日㈭

日の光ふくらむ午後にわだつみと言の葉かはす人の後姿《うしろで》

榎倉香邨先生が香瓔会理事長の岩永栖邨先生と来宮されたことがある。青島に案内した。牧水生誕百年の年に建立された歌碑が海岸近くにある。私たちが牧水の歌碑を観ていたら、榎倉先生はいつのまにか渚の方に行き、海をじっと眺めておられた。牧水があこがれた海に語りかけるように……。

十二月

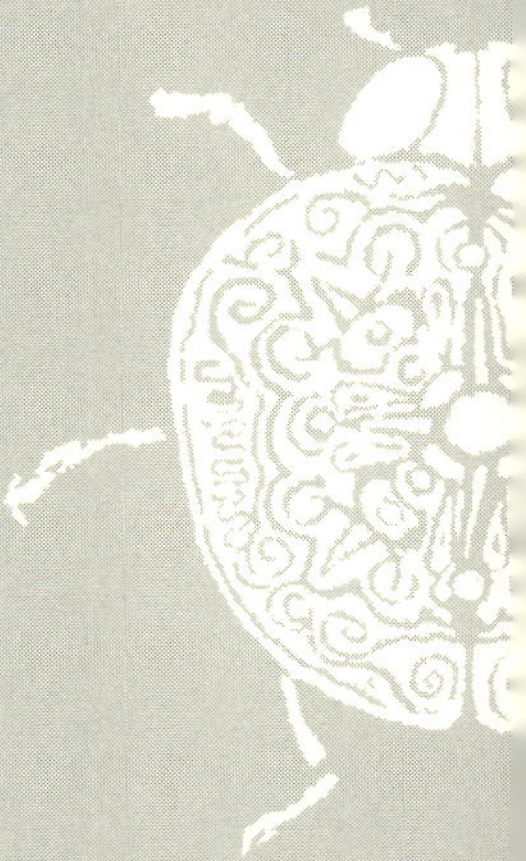

十二月一日㈮

「逢ふ」と「遭ふ」一字の違ひに青春のすべて歌ひし永田和宏

永田和宏氏に今年の「現代短歌大賞」は決まった。『永田和宏作品集Ⅰ』（青磁社）並びに過去の全業績に対してである。当然の受賞と思うし、心から嬉しい。彼の若い日の「きみに逢う以前のぼくに遭いたくて海へのバスに揺られていたり」の作が忘れられない。後に結婚することになる裕子さんに出逢った翌年の作である。永田さんの青春と人生は彼女に出逢って始まったのだ。

十二月二日㈯

百歳を越えたる人の歌まさかま
さかわたしの路が見えぬとふ

今日は宮崎市で「心豊かに歌う全国ふれあい短歌大会」である。要介護・要支援の高齢者を主な対象とする通称「老いて歌おう」の大会。入選作品集『老いて歌おう』（鉱脈社）は今年で第十六集だ。全国の二三〇〇名の応募のなかで百歳代の方が二十名以上おられる。たとえば山口県の百歳の藤本アサ子さんの歌は「銀色に街はたそがれ帰るべきわたしの路はどこにも見えぬ」。百歳になって人はいっそう迷いが深いのか。

十二月三日(日)

青春はいつも変はらぬとわれ読める『君は月夜に光り輝く』

昨日は高齢者の短歌の会だったが、今日は宮崎県立図書館で「私のすすめるこの一冊〜高校生の声〜」のイベントである。県内の高校生から「私のすすめるこの一冊」の原稿を募集したら五百篇以上が集まった。入選十数篇を図書館スタッフと私とで決め、そのうち四名の高校生が今日の図書館のステージに登壇し、おのおのが選んだ本について、また青春について語る。そのあとは高校生たちと私のトークの予定である。

十二月四日(月)

地方はね景気わるいよと声大き店の女将の愚痴も肴とす

「ぜんはねが忘年会ぢゃ出らざわりゃ」の意味は宮崎以外の人はほとんどわからないだろう。「出らざ」は「出ねばならぬ」、「わりゃ」は「汝」の意。「銭はないが忘年会には出ねばなるまいが、お前」の意味の宮崎方言である（若山甲蔵『日向の言葉』）。貧しくても付き合いは大事にした日向人らしい言葉である。今月に入り忘年会シーズンとなった。宮崎の飲み屋街はまだ静かなようだ。

十二月五日㈫

老い舌の出づれど恋に恋をして
若き日よりもせつなきを歌ふ

『老いて歌おう２０１７』を読み返している。「恋」の歌が今年も少なくなく、心に残る。たとえば「恋多きなべくらさちこ百歳はいつになってもむねがときめくよ」は鍋倉幸子さんの歌。自分の名前を三人称ふうに詠みこんだところに味わいがある。この「ときめく」想いに彼女はどう処しているだろうか。八十五歳の福永静枝さんは「年重ねほしいものはとたずねられ現金よりも年下の彼」とまこと率直に歌っている。

十二月六日㈬

手のひらに光をのせて動かねば
字が生まれくる歌生まれくる

南国宮崎もさすがに冷えるようになった。朝の最低気温も二度とか一度になった。北国の人にはそれで寒いとはと笑われそうだが。しかし、晴れれば昼の気温は十四度とか十五度で暖かい。家の中よりも日の射している庭などの方がぽかぽかして気持ちがいい。

十二月七日（木）

黒潮の大蛇行してゐるといふ
そりや時には途《みち》はづれたし

新聞によれば、今年は黒潮が蛇行しているという。黒潮は日本列島にそって太平洋を西から東へ流れるが、八月下旬以降、紀伊半島付近から大きく南へ曲がり静岡県の沖などにむけて北上しているとのこと。でも、珍しいことではなく、十年に一回ぐらいはそんなことがあるらしい。自然界とはかくなるものであろう。

十二月八日(金)

年の瀬はとくに大人の言ひてゐし
セシコチョルのなつかしきかな

今日は上京して読売文学賞第一次選考委員会に出席する。会が終了したら、最終便で東京を発って福岡に行く。日曜日に宮崎に帰る。留守中の原稿を仕上げてゆくのが大変だ。十二月は年末年始をひかえて原稿量が増える。宮崎弁では仕事に追いまくられるのをセシコチョルとよく言った。セッツカレテルが変化したものではないかという。セシコチョル毎日である。

十二月九日（土）

千年を超えひたひたと若き拍《う》
つかの兼盛のこころのリアル

福岡女学院大学で短歌イベント。午前中は俵万智さんと「短歌の楽しさ・短歌の作り方」の対談。生徒も福岡市民も俵さんの話を楽しみにしている。午後は入賞作品の表彰と講評である。一般から小学生までの作品で、高校生はやはり恋の歌が多い。その中で桜川冴子賞の「兼盛に同情しちゃう我が母の今朝の難問何故ニヤつくか」が面白かった。

十二月十日(日)

佐世保いま我にとりては「梟」の島内景二と佐藤正午の町

博多駅から「みどり号」で佐世保へ。九州唯一の音楽大学である平成音楽大学の特別公演が佐世保のホールで開かれる。いろいろの音楽を聴けるので楽しみだ。その中に交響詩曲「伊東マンショ～時を超える祈り」もある。佐世保の町は久しぶりである。

十二月十一日(月)

どこまでも梯子を登れどこまでも地中を探れと偉さうなれど

「短歌年鑑」(角川書店)に「学生短歌会はいま」の小特集がある。浅野大輝氏の文によると、学生短歌会は全体として実りある一年だったという。学生の全国短歌会マップもでており、宮崎大学短歌会も紹介されている。その「宮大短歌」の創刊号が出た。「日陰から出たら死んじゃうごっこにて子らは我が家の前で皆死ぬ」(久永草太)の不気味な歌から「切れ長で優しい目と目の間から始まるあなたの鼻がすき」(能勢絢子)の初々しい恋歌までおもいおもいの作だ。

十二月十二日㈫

一日をしんに諾は一生を諾ふことになると言へる人

もう十年ほどまえになるか『一日一生』（朝日新書）という本が話題になったことがある。著者は酒井雄哉さんという人で、天台宗の大阿闍梨だった。荒行「千日回峰行」を二度満行したことで知られる。困難な荒行をなぜ二度も行ったかと問われ、酒井さんは「他にやることがなかったの」とすずしい顔で答えている。七年かけて四万キロ歩くという難行を、である。「今日一日歩く。今日の自分は今日でおしまい」そして「一日が一生」と。酒井さんは残念ながら四年前に亡くなった。

十二月十三日㈬

他国者なりし牧水 照葉樹の
中のよそ者さくらを賞でし

来年三月に滝田洋二郎監督の映画『北の桜守』（東映）が公開される。主演は吉永小百合、堺雅人他で、吉永小百合百二十本目の出演作という。この映画を記念して月刊誌「毎日が発見」編集部が桜に関するエッセイや短歌を募集した。今日は東京で短歌の応募作品の審査会である。堺雅人さんと二人で行う。桜に寄せたどんな想いが歌われているか楽しみである。若山牧水が最も愛した花は山桜だった。

十二月十四日（木）

抱くの語をキーワードにして歌ひこし永田和宏つひに絶唱

今日は神田の学士会館で、現代歌人協会の臨時総会、現代短歌大賞授賞式・祝賀会である。大賞受賞者は永田和宏氏。彼は最初の歌集から「抱く」の語の秀歌が多かったが、「短歌」十二月号の新作五十首に次の一首があった。「抱きたいと思へる女性がどうしやうどこにもなくて　裕子さん、おい」。

十二月十五日㈮

しのびよる青春の影の濃くあるは
よきかあしきかガードの灯《ひ》赤し

福島泰樹の新歌集『下谷風煙録』（皓星社）を再読。下谷は彼の生地である。「自序」に言う。「慶応三年生まれの祖父も、明治十五年生まれの祖母も、明治四十三年生まれの父も、大正六年生まれの母も、大正四年生まれの継母も皆、下谷で死んでいった。この間、日清戦争、日露戦争、大逆事件、関東大震災……」。第三十歌集というこの一冊は、「近代」日本の青春を自分自身とその家族に引きつけて歌ったと言える。

十二月十六日（土）

別れたる人びとひとりひとりづつ乳なむるごと寒夜に思ふ

「喪中につき年末年始の御挨拶を失礼させていただきます」のお葉書を今の時期は毎日いただく。親や兄弟、夫や妻、亡くされた方はさまざまである。皆さん、それぞれ辛い別れをなさったことであろう。昨年は母を亡くした私だが、今年は大切な友人を幾人か喪った。私より若い友人もいた。十二月はこの一年に別れた人を想う月である。

十二月十七日(日)

「歌あはせぼくも出たかつた」牧水のそんな声すると若きが呟く

今日は日向市で「マスターズ短歌甲子園」である。「マスターズ短歌甲子園」とは高校生のいわゆる「短歌甲子園」の大人バージョンと言ったらいいだろう。三人一チームで作品の優劣を競う。今年が第五回目で、審査委員は俵万智・大口玲子・笹公人の三氏。講評と審査が楽しみである。宮崎県内から八チームの申し込みがあり、予選審査で四チームだけが出場する。その中に宮崎大学短歌会がある。

十二月十八日(月)

名女優じつは不器用なるを聞き親しみ敬ふ師走の酒に

酒の場はいろいろな話が出る。集まっている人たちの職業や仕事がさまざまだとおもしろい。いつの間にか時間がたってしまう感じである。出版の話、醸造の話、農業の話、大学の話、医療の話……。そして、どんな仕事でも厳しい努力が必要なことをあらためて教えられる。

先日は映画関係者もいた。

十二月十九日（火）

五十年かよへる「夜のガラパゴス」今日もさまよふわれは象ガメ

宮崎市の大通りの西側に歓楽街がある。通称ニシタチである。県外からお客があると夜はそのニシタチに繰り出すことになる。「宮崎はにぎやかですね」と言われる。狭いところに飲み屋が集中してあるので確かににぎやかに見える。東京のその方面の専門家に言わせると、昔ながらの雑居ビルが並び、地元の飲食店や小さなスナックが頑張っている様子は、都会にない「夜のガラパゴス」だそうだ。

十二月二十日㈬

後輩の店、教へ子の店あれこれ
れ象ガメこよひ大仕事せむ

私が生まれたのはニシタチのすぐ近くの商店街である。同級生にニシタチのお店の子もいた。ニシタチを歩くとなつかしい思い出がいくつも湧いてくる。いま親の後を継いでしっかり店を経営しているものもいる。かつての教え子でニシタチに新たに店を開いたものもいる。そして、東京などとちがって町が狭いので、通りを歩いているとすぐ知り合いに会う。

十二月二十一日㈭

経済は経世済民の略語とぞ教へてくれし老先生よ

新聞は連日、リニア中央新幹線の建設工事をめぐる不正受注事件を大きく報道している。名前があがっている企業は日本を代表する大手ゼネコンである。その幹部は「優秀」な人たちであろう。佐高信・浜矩子氏の対談集『どアホノミクスよ、お前はもう死んでいる』（講談社新書）の中の佐高氏の言葉を思い出した。「残念ながら日本の主要企業は、会社ファシズムに染まらなければ出世できないんです」。

十二月二十二日㈮

十三の橋渡りきてなほ越ゆる橋の真下を流るる水よ

私の新しい歌集『遠音よし遠見よし』が先週末にできた。現代短歌社が版元で、第十四歌集になる。五一八首を収めた。間村俊一氏の装幀がすばらしいので嬉しい。書名も自分としては気に入っている。問題は作品のできばえである。書名は次の一首から採った。「遠音よし遠見よし春は　野への道ひとり行きつつ招かれてをり」。

十二月二十三日（土）

牧水よ飲んで寝てゐる暇ない
ぞ歌《うた》守《もり》ならば起きて歌へかし

宮崎市内で「牧水研究会」の研究会と総会である。来年度の活動方針や「牧水研究」の次号二十二号について話し合う。何と言っても、来年は牧水没後九十年、牧水顕彰の年になりそうである。宮崎市では五月に「国際啄木学会」と「牧水研究会」の共催で「牧水と啄木」のシンポジウムを行う。群馬県みなかみ町では十一月に「若山牧水顕彰全国大会」が開かれる。そして、同じ十一月に東京で牧水の恋をテーマにした「短歌オペラ」が上演される。

十二月二十四日（日）

ステージの五百名のひとりひとり引き立てやまぬ出田氏の愛

今日はクリスマス・イブ。日向の国とキリスト教の関わりは古い。石川恒太郎著『日向ものしり帳』に詳しく記されているが、今年はやはり伊東マンショを想う。佐世保で二週間前に聴いた出田敬三氏の作曲・指揮による「伊東マンショ〜時を超える祈り〜」が深く心に残っているからである。総勢五百名の大ステージもさることながら感動したことが幾つもあった。

十二月二十五日（月）

一年でも二年でも少しでも長く　サンタを信じさせたし子らに

クリスマスである。子どもたちの枕元にサンタさんのプレゼントが届いていたら嬉しい。わが家でも、娘たちが小さいときは、家内がサンタさんになりかわって手紙を書き、眠っている子どもの枕元にプレゼントをそっと置いた。朝はたいへんな騒ぎだった。プレゼントに喜ぶ一方、「サンタさんの字はどうしてお母さんの字ににているの」など聞いたりした。「その家のお母さんの字に似せてサンタさんは手紙を書くの」「ふーん」。もう四十代の娘たちである。

十二月二十六日（火）

ピュシスとは「隠れることを好む」とぞ身をあらはさぬものの貴き

『福岡伸一、西田哲学を読む』（明石書店）は、動的平衡論で知られる生命科学者の福岡伸一氏と哲学者の池田善昭氏の対話集である。刺激的な見解がつぎつぎに披露される。哲学科出身の私ながら十分理解し得ているとは思わないが（昔の哲学の授業を蘇らせながら読んでいる）、引き込まれる。堺雅人さんと先日会ったときにこの本の話をしたら、彼も読んでいた。彼は西田哲学に関心を持ち続けている。

十二月二十七日（水）

「探す」より「捜す」が増ゆる七十四の身と心熱燗に温む

若いときには真理を探求する気持ちが強い。私が哲学科に行ったのもそうだったろう。「探」の字は「探し求める」「考えきわめる」の意味である。別の言い方をすれば未来の時間に向かっている。そして、高齢になっても「探」の精神を持ち続けているすばらしい人がたくさんあるが、一方で老いはいつのまにか見失ったものを「捜す」ことも日常である。

十二月二十八日㈭

「水彦」と「雪彦」に始め「火事彦」を結びとせるを見抜ける友よ

私の名前の「一彦」は、祖父の「貞彦」から「彦」の字をもらったらしい。自分としてはこの「一彦」が気に入っている。「彦」の字が好きなので、今度の歌集『遠音よし遠見よし』では、「水彦」や「雪彦」の言葉を使って水や雪の歌を詠んでいる。本当は「月彦」などもっと歌いたかった。最後に「火事彦」の歌を入れた。そのことに気づいて面白い手紙をくれた友人がいる。

十二月二十九日㈮

飛び方も餌の取り方も南国の鳥
はのんびりと言はれうなづく

北海道新聞の記者とカメラマンの二人が先日取材に見えたとき、宮崎の印象をいろいろ聞かせてもらった。例えば北の海は厳しく迫り時には襲ってくる感じなのに対し、宮崎の海は穏やかで気持ちが落ち着くと言う。そう語りながら、二人は北の方がやはり魅力のようだった。ちなみに二人の出身は関東と関西だった。

十二月三十日(土)

地鶏よりチキン南蛮より空気まづおいしいと思ふわが地は

県外から人が見えたとき、何か食べたいものがありますかと聞くと、多い答えは地鶏の炭火焼きとチキン南蛮。そして、実際に食べて宮崎の味に満足してくださっているようだ。もちろん、自然豊かな宮崎であり、おいしい食べ物がたくさんある。二〇二〇年に宮崎県で開催が予定されている「国民文化祭、全国障害者芸術・文化祭」のキャッチフレーズは「山の幸　海の幸　いざ神話の源流へ」である。

十二月三十一日(日)

励ましてくれたる人を想ひつつ
盃ささぐむろんミューズにも

一年間の毎日の連載も今日で終りである。この一年を健康で、そして日々休まず歌を詠めるか心配だったが、できばえはともかくとして、何とか今日の大晦日にたどりついた。まさにたどりついた感じ。そして、たどりつけたのは、ときどき「見ていますよ」と声をかけてくださった方々のおかげと思う。そんな皆さんにお礼を言いつつ結びとしたい。

あとがき

この歌集は、ふらんす堂のホームページに、二〇一七年の一年間、一日一首発表した短歌作品を収めたものである。「短歌日記―2017」ということになる。短歌のあとに、短い文章を付している。左注のような役割を果たしている文もあるが、ただの呟きのような文もある。読者は適当に読みとばしてもらってもいい。

ふらんす堂から、この短歌日記の依頼をいただいたとき、一週間ほど返事を待ってもらった。一年にわたって毎日休まず短歌を詠むことができるか不安だったからである。そして、結局引き受けたのは今の年齢の体力ならば何とか可能で、もっと先では無理だろうという判断からだった。そして、承諾の返事をして、連載を始めることにした。

いざ始めてみると、楽しくもあった。ただ、この「短歌日記」は遅くとも前日までに原稿を編集部に原則としてメールで届けることになっており、その点は苦労した。当日に見聞したことを短歌に詠むのではなく、計画や予定で前もって短歌を詠み、文章を書かざるを得なかったからである。工夫を強いられた。しかし、ともあれ連載の機会をいただいたことを今は大いに感謝している。

『遠音よし遠見よし』に続く第十五歌集になる本書のタイトルを、『光の庭』とした。昨年よくあちこちに出かけその旅の短歌も含んでいるが、日ごろは宮崎市の自宅で過しており、本書にも庭の植物たちがしばしば登場している。著者である私が余計なことを言えば、私の住む宮崎県自体が光の庭である。

一年間の連載を無事に終えることができたのは、ひとえにふらんす堂の編集部の山岡有以子さんの温かい援助と激励のおかげである。本書の出版への御配慮ともども、ふらんす堂の皆さんに心から御礼を申し上げたい。ありがとうございました。

二〇一八年四月一日

伊藤一彦

著者略歴

伊藤一彦（いとうかずひこ）
昭和18年、宮崎市に生まれる。早稲田短歌会を経て、「心の花」に入会し、現在選者。
歌集に『海号の歌』（読売文学賞詩歌俳句賞）、『新月の蜜』（寺山修司短歌賞）、『微笑の空』（迢空賞）、『月の夜声』（斎藤茂吉短歌文学賞）、『待ち時間』（小野市詩歌文学賞）、また歌集『土と人と星』及び評論『若山牧水——その親和力を読む』により現代短歌大賞・毎日芸術賞・日本一行詩大賞を受賞。
若山牧水記念文学館館長。宮崎市に住む。

光の庭　hikari no niwa　伊藤一彦　Kazuhiko Ito

2018.06.09 刊行　2018.09.25 第二刷

発行人　山岡喜美子

発行所｜ふらんす堂

〒182-0002 東京都調布市仙川町 1-15-38-2F

tel　03-3326-9061　fax 03-3326-6919

url　www.furansudo.com　email　info@furansudo.com

装丁｜和　兎

印刷｜日本ハイコム㈱

製本｜㈱新広社

定価｜ 2000 円＋税

ISBN978-4-7814-1067-8 C0092 ¥2000E

2007 十階 jikkai
東直子 Naoko Higashi

2010 静かな生活 shizukana seikatsu
岡井隆 Takashi Okai

2011 湖をさがす umi o sagasu
永田淳 Jun Nagata

2012 純白光 jyunpakuko
小島ゆかり Yukari Kojima

2013 亀のピカソ kame no Picasso
坂井修一 Shuichi Sakai

2014 午後の蝶 Gogo no chou
横山未来子 Mikiko Yokoyama

2015 無縫の海 muhou no umi
高野公彦 Kimihiko Takano

2016 南の窓から minami no mado kara
栗木京子 Kyoko Kuriki

郵便はがき

おそれいりますが切手をおはりください

1820002

（受取人）

東京都調布市
仙川町一―一五―三八―2F

ふらんす堂　行

ふらんす堂へのご希望がありましたら何でもおきかせ下さい。